P.S. 致
謊言微笑的
妳
1
Kadokawa Fantastic Novels

「正樹同學，我有話想私下跟你說。」
「有話想跟我說？」
風間遙香
就讀高中二年級。篠山正樹的同班同學，聞名全校的品學兼優美少女。

「你、你、你是白痴嗎！？」
在無人的屋頂上，遙香如此逼問。
她滿臉通紅，
不知是因為憤怒還是害臊。
那變換自如的態度說是
戴著面具也不為過吧。
風間遙香（黑）
校園偶像遙香不為人知的另一面。如機關槍般口出惡言的毒舌少女。

「我來幫你找找祈求良緣的神明吧！」
長部由美
就讀高中一年級，正樹的青梅竹馬，對超自然現象極度感興趣，隸屬於傳說研究會。

「不用妳操心!!」
篠山正樹
就讀高中二年級。在暑假退出棒球隊之後，成天過著懶散的校園生活。
「真的能交到女朋友嗎？」
「當然。妳等著瞧，
而且絕對找個超正的。」
「是喔……正樹，我相信世上有奇蹟。」
「喂，是怎樣，妳這句話是什麼意思啦。」

「讓妳知道我理想中的女朋友！」
輕盈躍動的短髮！
受不了，逃避現實真難看啊。

心意滿滿的自製便當！
每天接送，一起甜蜜上下學！

目錄

1．過去她在那裡——011
2．致陌生人——072
3．名為篠山正樹的少年——139
4．名為風間遙香的少女——228
5．P.S.……——260
後記——276

P.S.致
對謊言微笑的
妳
P.S.
To You who smiled
at the SORAGOTO
1

彩頁／內文插畫　美和野らぐ

1．過去她在那裡

二零一六年的某天。

現在正值高中二年級的暑假，篠山正樹卻坐在教室內。在桌上將筆記本攤開，手撐著臉頰，表情呆滯地看著窗外景色。自這座位於山丘上的學校可將下方的城鎮景色盡收眼底。位於盆地內的鄉下小鎮。視野當中綠意的比例更勝水泥建築的灰色，到了夏天，那翠綠便越發盎然。

碧藍天空與純白雲朵、蒼鬱茂密的樹林。農田一路鋪向遠方的山腳下，山頂上頭雲朵隨風悠然流動。在這炎熱的正午時分，陽光燒灼著地面，學校迴盪著自操場或體育館傳來的運動社團的吆喝聲，彷彿在向所有人宣告自己正揮灑著青春。

正樹聽著那聲音，懷著譏諷嗤之以鼻。

青春根本沒有價值可言，為青春揮灑汗水到最後只是徒然。

說穿了，青春不過是逃避現實。

因為正樹就是一度逃避現實才會落得現在的窘境。

就在這時，正樹聽見粉筆敲在黑板上的聲音。轉頭一看，教師正在講台上授課，在黑板上接連寫下文字。粉筆隨著固定節奏敲打黑板，不知為何那聲音比運動社團的吆喝聲響亮。

教室內坐在座位上的學生不多，而且絕大多數的學生並非忙著做筆記，而是直盯著時鐘。再過三分鐘、再過兩分鐘、還剩一分鐘。當規定的時間越來越靠近，心跳也跟著轉為急促。正樹不由得嚥下口中唾液。

最後——

蓋過一切雜音的下課鈴聲在校內響起。

同時教師也已經寫完板書，轉身面對學生，接著開口說：

「那麼就到這裡結束。起立。」

學生們迫不及待自座位上站起，在對老師行禮後氣氛瞬間沸騰，彷彿在說我們的暑假從這一刻真正開始啦。

暑修到此結束。

根據學校規定，接受補考也未達一定分數的學生，就必須在暑假期間到學校暑修。

照理來說，學生只要認真向學就不會與這規則扯上關係，但正樹之前加入棒球隊時把讀書拋在腦後，因此落得現在必須暑修的下場。

過去的正樹可能不當一回事，但現在正因為退出了棒球隊，讓他更加切身體會到早知如此，與其把青春獻給積弱不振的棒球校隊，更該把精力用在讀書以免暑修。

不過這樣的後悔就到今天為止。

暑修結束了。

正樹衝出教室打算先回家。一路上不時與來學校參加社團活動的同學和老師們擦身而過，來到腳踏車停車場。在他牽出腳踏車時，突然聽見有人喊自己的名字。耳熟的女學生的聲音。正樹立刻就明白那是誰，卻沒見到那人的身影。他左顧右盼，終於讓他找到了。

位於腳踏車停車場旁的舊校舍。那個人正從舊校舍一樓的窗口探頭看著他。

「正樹，你要回去了喔？棒球隊呢？」

「我之前不是說過我退隊了嗎？」

「啊～～好像是有這麼一回事喔。啊哈哈，我忘了耶。」

少女愉快地笑著。

長部由美。對正樹而言，她是小一歲的青梅竹馬，有如自己的妹妹。不過自從升上高中，開始流露莫名的女人味，綁成馬尾的頭髮下時隱時現的後頸不時提醒著正樹她確實是異性，這總讓他有幾分不自在。

也許當女兒步入青春期，做爸爸的也會有類似的尷尬感受吧。

「話說，妳在那種地方做什麼啊？」

「這還用問，當然是同好會——傳說研究會的活動啊。」
「噢，那個莫名其妙的社團喔。」
「什麼莫名其妙，真是失禮。歷史可是比棒球隊還悠久喔。」
「那具體來說都在做什麼啊？」
「比方說調查從地方到全國規模的各種民俗啊，看，像是讀這類的書。」
由美手中拿著老舊的書籍。看來似乎是文集。從紙張的狀況來看，大概是過去傳說研究會的成員製作的刊物吧。
「正樹也有興趣吧？」
「完全沒有。」
「咦咦咦～～明明就很有意思耶～～……來，這一段你看一下嘛。」
青梅竹馬將攤開的書塞給正樹想強迫他看。正樹不大情願地大致瀏覽，上頭寫著某地的怪談故事。
丑時三刻，深山裡的某個古老隧道會變成通往異世界的入口，經過的人一旦被吞噬便有去無回。
內容看上去相當無厘頭，正樹只覺得這種事在現實中根本不可能。
「這哪是什麼民間傳說，根本是超自然現象吧。」

「包含這種在內，廣義來說也是種傳說喔。不過這算是我個人的見解啦。」

「喔，是喔。」

正樹隨口敷衍後，探頭看向她在的房間。除了由美之外，沒有其他人。三坪大的室內擺著一張長桌，牆邊的書架上排列著詭異的書籍，室內洩出涼爽的空氣。

「原來如此，由美這麼喜歡民間傳說啊……所以真正的理由是？」

「咦？我是真的喜歡啊。不過，把這裡當作避暑勝地也是其中之一啦。你也知道吧，我跟爺爺住在一起，他討厭開冷氣。」

能在冷暖氣一應俱全的房間悠哉地閱讀想看的書。也許對由美而言，傳說研究會就是這樣一個地方吧。

「妳明明喜歡怪力亂神，在這種地方倒是現實得很啊……不過這同好會還真感覺不到幹勁。說起來，除了妳之外還有其他會員嗎？」

「有啊有啊，還有會長跟另一個人。現在不在就是了。」

「真的很沒幹勁……唉，不管了。總之我要回去了。」

正樹原本打算就這麼轉身離開，突然又想起什麼而轉過頭。

「對了，今天我們家要準備幫我哥搬家，妳也來幫忙吧。」

「啊，是今天喔？好啊，我等傍晚涼一點了再去。」

「了解。我會為妳留下很多工作的。」

「等等，那畢竟是你們家的事，就自己解決啊——喂！不要不理人家就跑掉啦！」

正樹跨上腳踏車，快速離開。抱怨聲隨即從背後追來，正樹像是為了激怒少女，故意回以大笑。於是預料中的怒吼聲傳來。這讓正樹感到莫名愉快，不由得更拉高笑聲的音量。

傍晚。

原本住在老家通學的念大學的哥哥篠山久司，決定趁著暑假的空檔搬到大學附近的公寓，因為發現兩小時的通車果然還是太勉強自己了。

現在篠山家的忙碌氣氛就是因為搬家前的準備。

「你要感謝我啊，因為我離開這裡，你才能獨自享用這個房間。」

正樹不理會哥哥高姿態的話，指向壁櫥。

「對了，壁櫥裡的東西你沒有要帶去嗎？」

因為兩人一直以來共用這個房間，壁櫥內塞滿了兩人的雜物。裡面基本上都是捨不得丟的物品，因此應該不包含需要帶到新居的必備品。但若沒有這種機會，恐怕也不會打開來整理，既然如此就順便整頓一番吧。在整理搬家行李的同時，把壁櫥也一併清理乾淨。

久司這麼想著。

聽了哥哥的答案，正樹做好心理準備打開拉門，目睹眼前的情景，喃喃自語：

「……這個到底要怎麼整理啊？」

打開許久未曾開啟的壁櫥門，裡頭堆滿了雜物。捨不得丟又找不到地方放就塞進壁櫥，長年累積的結果暴露在眼前。

那情景頗是壯觀，簡直像一面牆。

話雖如此，還是得想辦法收拾才行。只能一點一點依序動手拆除。

兩人注意不讓那面牆突然崩解，慎重地動作，從上方開始一一取下雜物。

就在整理工作好不容易就要進入尾聲時，正樹發現了一個東西。

「這是什麼？」

有個東西塞在壁櫥的角落。拿出一看，是個陳舊的金屬盒。正樹一面想著為什麼這種東西會被塞到櫥櫃裡頭，並且掀開盒蓋。

盒中裝著信件和明信片，按照不同寄件人分成數疊，再用橡皮筋綑綁起來。

「這個是……」

直到這時才回想起。

當正樹還是小學生時，曾將收到的信件和賀年卡裝在那個金屬盒裡保管，但隨著時代演變，正樹與朋友間不再有那樣的信件往來，金屬盒的必要性也跟著減弱，最後就連那個習慣也消失了。話雖如此，正樹捨不得扔掉那些信件和賀年卡，就將整個金屬盒塞進櫥櫃裡。

正樹感到懷念地拿起信件，一一瀏覽內容。

小學生的正樹會寫賀年卡給朋友們，但現在就連發一封恭賀新年的簡訊都覺得懶。正樹的想法逐漸轉變成反正新學期開學後就會和學校的朋友見面，到時候再說聲恭喜就好。

就在正樹回想起這些往事時——

「哦～～真懷念耶。」

聽見耳邊傳來的聲音，正樹轉頭一看，由美的臉就在旁邊。看來她似乎剛剛才到，但是壁櫥也已經整理好了，沒剩多少事需要幫忙。現在才跑來不知道是想幫什麼忙，正樹打算出口抱怨時，由美將某個東西遞向他。一個白色信封阻擋視野。寄件人是奶奶，收件人的欄位寫著篠山正樹。

「剛才在樓下剛好看見郵差來，我就順便幫你收了——呃，幹嘛一副複雜的表情？」

「沒有啦，我是很感謝妳，但是代替收信真的好嗎？妳又不是我們家的人。」

「因為我到的時候剛好遇見郵差嘛。這算我的好心耶，好歹感謝一下。」

「啊～～妳說是就是啦。謝謝喔。」

「一點誠意也沒有。」

正樹不理會由美的不滿，接下白信封，找出了剪刀。他留意別剪到信紙，一刀剪下信封的上緣。

由美見狀說道：

「正樹，你好像一直都用剪刀拆封，你就不能更小心一點嗎？看你剪那麼快，我都會怕裡面的信紙被你剪到。」

「會嗎？我在剪的時候有特別注意不要剪到信啊。目前也只有少數幾次不小心失手，沒什麼問題吧？」

「明明就剪到過嘛。話說回來，為什麼要用剪刀啊？」

「為什麼喔……」

恐怕是爺爺的影響吧。在小時候的正樹眼中，爺爺用剪刀拆信看起來很特別，甚至有幾分帥氣。理由大概就這麼單純。

話雖如此，那不知不覺間成為自己的習慣也讓正樹有點吃驚。

正樹隨口回答後取出信封的內容物，裡頭裝著一張折成三等分的信紙。到底有什麼事？這是正樹第一次收到奶奶寄來的信，讓他不由得緊張也許上頭寫了事關重大的內容，但信中只是詢問正樹的近況，看起來稀鬆平常。

「突然寄信過來，我還以為是怎麼了……就這樣喔？話說為什麼只問我的近況啊？」

「因為你一直沒去露個臉給奶奶看看啊。」

久司整理行李並說道：

「你老是說要練棒球，很久沒去看奶奶了吧。」

「呃，嗯。」

「就連奶奶為了方便就醫，搬到現在那個家的時候，你也沒去問候一聲吧。那已經是一年半前的事了。」

「嗯，沒去。其實從爺爺的葬禮之後就一直沒見過奶奶。我記得那是在我剛升上國中的時候，所以……」

「差不多四年前了啊。既然這樣，奶奶當然也會有些擔心吧？現在奶奶也開始定期到之前爺爺住的那間醫院看病。也許奶奶擔心自己說不定會哪天突然就走了，在那之前想先見孫子一面。」

「這種觸霉頭的話真虧你講得這麼輕鬆耶……」

「有什麼關係，大家是一家人啊。況且這也不一定真的是玩笑話。也許奶奶真的突然就過世了，要是心中有所牽掛，搞不好半夜會來找你喔。」

「太可怕了吧！」

哥哥就是喜歡把怪談拿來當作玩笑話，過去正樹被迫一起參加試膽的經驗也不只一兩次。由美會對超自然現象著迷到加入傳說研究會，說不定就是受到哥哥的影響。

「你退出棒球隊之後不是很閒嗎？既然這樣就趁暑假去一趟吧。」
「你突然這樣講，我也……」
「正樹，你就好心去見奶奶嘛。還是要珍惜爺爺奶奶啦。像我每天都和他們見面喔。」
「由美，那是因為你們本來就住在一起吧。」
不過正樹也認為兩人的意見有道理。
實際上，正樹甚至也沒寄賀年卡給奶奶，被人指責不孝也無從反駁。也許奶奶很擔心他，若非如此，奶奶也不會特地寄這種詢問近況的信件來吧。
「也許我是該反省沒錯啦，但是要趁暑假去有點那個吧，感覺太急了啦。要是寒假的話，也許……」
「正樹，我覺得這只是把問題往後延而已。」
「唔……好吧。那我現在打通電話，這樣就可以了吧？」
既然由美都這麼說了，那也沒辦法。
正樹伸手要拿手機，但這時由美制止：
「既然這樣，你乾脆寄封信吧。」
「啥？幹嘛要這麼麻煩……」
「麻煩更顯得出誠意嘛。接到電話就回撥，收到信件當然就回信啊。」

「講得好像以牙還牙一樣……話說還要特地去找郵筒，太麻煩了啦。」

畢竟這裡是個鄉下小鎮，各個郵筒之間的距離不短，從自家騎腳踏車也得花上十幾分鐘，來回就是半小時左右。正樹只覺得麻煩。

「那我就告訴正樹一個好消息。」

由美說道：

「以前我們不是去試膽過嗎？回想一下，雜木林裡頭只剩下鳥居的……」

「噢，妳是說那裡喔。」

以前正樹、久司與由美曾經去試膽，地點就在本殿已經腐朽倒塌的廢棄神社。

「你記得那附近有個郵筒嗎？」

「有嗎？」

「有啊，圓筒狀的那種。那地方離這裡就不遠了吧？」

「嗯～～是不算遠啦……」

那裡離家確實算近，而且寫信說不定是個好主意。就算打電話給奶奶，正樹也想不到該說些什麼，肯定只會尷尬而已。既然如此，能仔細推敲內容的信件可能會更合適。

正樹決定寫信後，立刻告訴在客廳休息的母親自己的意圖。母親也表示贊同，但又告訴他現在信封剛好用完了。既然沒有也沒辦法，正樹打算明天再去買的時候，母親突然靈機一動問道：
「對了，以前的賀年卡還有剩嗎？」
「咦？以前的賀年卡還可以用嗎？」
「沒問題，沒問題，能用能用。」
母親如此說著起身去找賀年卡，沒過多久又回到客廳，手上拿著九張賀年卡。從生肖圖案來看，是七年前的東西了。正樹看了不禁擔憂，用過去的賀年卡寫信問候長輩真的好嗎？簡直像清倉的行為，難道不算失禮嗎？不過有其母必有其子，這方法是母親想到的，正樹思考片刻就得到了結論：「應該沒差吧。」
「還有，這是兩圓郵票，記得要貼喔。」
正樹見母親遞出九張兩圓郵票，歪著頭問：
「要貼這個喔？」
「當然啊。你看看那張賀年卡的左上角，上面寫著五十對吧？那就是賀年卡——也就是明信片的價格，也是郵票的價格。不過之前消費稅不是調漲了嗎？賀年卡也跟著變成五十二圓了，所以缺額得另外補上郵票。啊，還有記得在左上角的賀年標記上畫兩條線，不然郵局可能不會把它當成一般的明信片喔。」
「哦～～我都不曉得耶。」

正樹得到了與奶奶的聯絡方式後，馬上回到自己的房間，坐在書桌前握起筆。身體倚著椅背，抬頭仰望天花板陷入沉思。該寫些什麼才好啊？按照現況寫就好了嗎？既然奶奶特地寫信來，就代表她可能很擔心正樹吧。既然如此，是不是該避開可能會讓奶奶不安的內容，告訴她自己過著充實的每一天？

這樣的話——

「咦咦咦～～你之前明明就退出棒球隊了，要寫成沒退出喔？」

「這也沒辦法吧，會造成不好的印象的內容——喂，妳看什麼看啦。」

轉頭一看，青梅竹馬的臉再度理所當然般湊到身旁。

由美瞇起眼露出輕蔑的表情。

「正樹，不可以說謊喔。」

「我是不想讓奶奶擔心啊，況且這也不算全然在說謊吧。實際上在我退出棒球隊之前，的確流汗也流淚，揮灑青春好一陣子啊。」

「既然這樣，不要退出不就好了？」

「我一直到事態演變成必須接受暑修時才發現啊。我實在不該滿腦子只想著社團活動。況且我們是在大會上根本贏不了幾次的弱校耶。既然這樣，把心力灌注在其他地方還比較有意義吧。對了，比方說談戀愛。」

「你剛剛才說不能滿腦子想著社團活動，談戀愛就沒關係喔？」
「戀愛不像社團活動那麼花時間，所以沒關係啊。」
「是嗎～我覺得聽起來完全是在狡辯啊～～」
正樹不理會由美的責難，寫下虛假的現況，彷彿自己正享受著青春。不過寫到一半，手卻不由得打住。
究竟該不該在信中提到戀愛等方面的話題？假設真的要寫，又該怎麼寫？只要撒謊寫下自己有女朋友就好了嗎？但正樹覺得那未免太窩囊了。這樣的話，別提到戀愛比較好吧。
「剛才明明都那樣講了，卻不寫戀愛喔？」
由美說著，那笑盈盈的眼神中充滿著「有本事就寫給我看啊」的挑釁。
「呃，妳……好啊，我寫給妳看啊！就寫不久之後絕對會交個女朋友！」
正樹幾乎自暴自棄地寫下「之後會交女朋友」表明決心作結。
沒有寫「交了女朋友」也許是正樹的自尊心使然。
不過一旁的由美露出苦笑。
「真的能交到女朋友嗎？」
「當然。妳等著瞧，而且絕對找個超正的。」
「是喔……正樹，我相信世上有奇蹟。」

「喂，是怎樣，妳這句話是什麼意思啦。」
「對了，我來幫你找找供奉祈求良緣的神明的神社。」
「不用妳操心！」
與由美閒聊拌嘴的同時，要寄給奶奶的明信片也完成了。正樹走出家門想去找由美剛才提到的郵筒，跨上腳踏車出發。
在漫天彩霞下穿越住宅區，騎進田間的產業道路。悠哉地騎在連路燈都沒有的路上，不經意地深吸一口氣。
綠葉的氣味。到了夏天，那氣味也變得更加濃郁。打從出生時就形影不離的氣味。即將離開這座小鎮的哥哥會不會有一天對這氣味感到懷念？看著只有雙車道的道路，會不會漸漸覺得這真是個不方便的地方而感到不滿？
思緒不著邊際地打轉時，岔路突然映入眼簾。
橫跨田園中央，通往雜木林的田間小路。只是將泥土堆高壓實形成的道路現在只有農民使用，連身為當地居民的正樹也鮮少經過。
不過今天正樹騎進那條路。
在小路上朝著雜木林騎沒多久，目標突然映入眼簾。圓筒型的老舊郵筒彷彿遭人遺忘，孤零零地立在路旁。

「……這個現在還能用嗎？」

鏽跡斑駁的外觀加上恐怕鮮少有人經過的位置，就算現在已經被棄置無法使用也不值得訝異。不過郵筒上沒有停止使用的告示，投信口也沒有封死，正樹認為應該還能使用，便打定主意準備寄出明信片。就在這時，正樹突然感覺到視線而轉頭，但眼前只有生苔的鳥居靜靜佇立。那與郵筒同樣似乎許久未有人清理保養，再加上現在正值傍晚，有種難以名狀的詭譎氣氛。感到幾分莫名寒意的瞬間，棲息於雜木林的烏鴉群倏地同時飛起。正樹感覺到異樣氣息直撲向自己，投入明信片後便逃也似的離開。

高中二年級的暑假轉瞬間便過去，已經來到第二學期的開學日。騎腳踏車上學的正樹也感覺到自己再度回到穿著學校制服的日常生活了。

回想起來，今年的暑假比起過去更加平淡無趣。

沒有特別為任何事灌注心血努力，只是漫無目的地過著一天又一天。結果還因此被由美取笑：「你不是要找女朋友嗎？」

不過這也沒辦法，因為身旁沒有讓他想交往的女生。

沒有立場挑東揀西？

眼睛長在頭頂上？

誰理你啊。無論是誰都有選擇的自由，當然篠山正樹也該有。

正樹一面思索著這些藉口一面走過校門，將腳踏車停放在腳踏車停車場後走向鞋櫃。換穿室內鞋抵達教室後，正樹與同學們簡單打過招呼便坐到位子上。教室內比平常更吵鬧，大概是因為好一陣子沒和同學見面，大家聊得正起勁吧。正樹這麼想著，看向教室內特別吵鬧的方向。有一堵人牆圍繞著不知是誰的座位。正樹好奇地探頭看人牆的中心處，結果——

那是誰啊……

眾人包圍著一名女學生——出眾的美貌加上柔和笑容的長髮女生。那樣的容貌肯定是無數女生憧憬的對象，同時也是嫉妒的目標吧。

正樹看呆了一瞬間，立刻轉頭向班上的朋友井上問道：

「那是誰啊？轉學生？」

「呃……抱歉，你這是哪門子的耍寶？我不知道該做何反應耶。」

「等等，我不是在耍寶。那到底是誰啊？」

「風間同學啊。風間遙香，和我們一起入學的同年級生。」

「啥？我不知道有那個人啊。不要扯這種沒意義的謊啦。」

「說謊？正樹你才奇怪咧。」

井上對正樹露出一臉納悶，但正樹也對井上的反應大惑不解。他到底在說什麼鬼話，班上根本就沒有叫風間遙香的女生。因此正樹找上其他同學一一詢問：「她是轉學生嗎？」但得到的回答都和井上相同。大家是一起入學的同年級生；她在校內可是有名到幾乎無人不知，你才不對勁吧。當然正樹也不可能就這麼接受。

「這怎麼可能……這只是所有人聯手一起整我吧。是這樣吧，井上？」

「怎麼可能啊，誰會做這種麻煩事。」

「但是，我真的一點都不記得啊。」

「你只是突然忘記吧？」

「突然忘記……用常識想也知道根本不可能吧！」

「我用常識想也覺得，你不記得才叫不可能。」

「所以應該是你們在說謊啊！對吧！」

這裡畢竟是鄉下地方的小鎮，學生本來就不多，同年級的所有人甚至彼此認識。就這個角度來看，無論好壞都可說是沒有新鮮感的學校。

所以正樹敢一口咬定。

在他的記憶中，同年級的同學當中找不到風間遙香的臉孔。完全不記得有這號人物，因此風間遙香這個人過去不在這學校，根本不存在。

但是不知為何沒有人對她的存在懷有疑問。

現在是怎麼回事？該不會是我的腦袋出問題了吧？總不會是因為暑假過得太渾渾噩噩，不知不覺間連記憶的一部分也跟著遺失了？

正樹一個人驚慌失措，井上看不下去便示意班級點名簿。記載了每位同班同學的名字的列表上，理所當然地印著風間遙香的名字。就算是班上同學的惡作劇，也不至於大費周章準備這種道具吧？

但正樹還是無法置信。

當正樹混亂地按著額頭，井上提出了更進一步的證據。儲存在手機裡的相片。大概是每當學校有活動就會拍照，她的身影理所當然地映在其中，看起來與同學們處得相當融洽。

「哈哈哈，這是怎麼搞的……」

正樹發出乾笑，渾身無力地靠向一旁的牆面。

難道風間遙香真的原本就在這個班上？

難道就只是因為篠山正樹失去了記憶？

這不可能。風間遙香過去絕對沒有在這個班上。

換句話說，忘記的是所有人。大家都忘了過去根本沒有風間遙香這個人。

但這樣一來，點名簿和相片要怎麼解釋？

無法反駁。那些都是風間遙香過去確實存在於此的鐵證。

「……所以我就得承認？」

因為有證據，就得承認風間遙香的確老早就在這個班上了？同時也要承認篠山正樹失去了記憶？

正樹落入沒有出口的自問自答中。這時一隻手突然拍在肩上。正樹驚覺而轉過身，只見話題的主角——風間遙香一臉不可思議地稍稍歪著頭站在他身後。

「篠山同學，你怎麼了嗎？沒事吧？」

也許是擔心不知在嚷嚷什麼的正樹而前來關心。面對十之八九出自善意的行動，正樹卻沒有回答，只是愣在原地凝視著對方。對那反應感到納悶的遙香朝正樹的額頭伸出手，大概是想看看他有沒有發燒吧。但在正樹眼中，那卻是原本不應存在的詭異人物——來自未知的接觸。因此他在混亂之下會有那樣的行動恐怕也是人之常情。

「嗚哇啊啊啊啊啊啊啊！」

正樹立刻甩開遙香的手，然後——

「妳、妳到底是誰啊！」

扯開嗓門如此嘶吼。

充實抑或是空洞。無論度過何種日常生活，只要有所行動自然會對現狀造成變化，無關期望與否或結果好壞。

那麼讓篠山正樹的日常生活波瀾四起的原因，究竟何在？

到底是什麼樣的行動讓日常生活發生變化了？

雖然不知道理由，但既然在教室中暴露那樣的醜態，正樹決定先去理解位於這一切變化的中心的風間遙香。

為此正樹首先開始觀察。

「早安。」

遙香早上一走進教室，立刻就有同學們圍上前去向她搭話，而她也沒有露出絲毫反感，反而面帶微笑一一回應。所以搭話的人自然也覺得舒服，轉眼間她的身旁便充滿了笑容。

「啊，這個問題喔……」

當同學們前來問她課堂上聽不懂的部分，她也會欣然予以協助。她的說明簡單易懂，大部分的人都能輕易理解。

「沒關係沒關係，我會做好的。」

也曾見過她代替自稱有急事的同學，完成擦黑板或倒垃圾等等的雜務。

這一點對教師們也相同。

「好的，我明白了。把這些搬到準備室就可以了吧。」

當教師要求幫忙，遙香也從來不嫌麻煩，總是確實完成被指派的工作。教師似乎也視她為可以放心信任的模範級學生。

正樹不動聲色地觀察遙香的一舉一動，有時躲在暗處偷窺，有時坐在自己的座位上裝睡，有時則悄悄跟在她背後，將藉此得知的情報一一記錄下來。當然正樹也知道自己的行為有如跟蹤狂，儘管如此，他還是想更加了解她這個人。

然而越是調查，越讓正樹了解到周遭對她的期待，以及能回應所有期待的風間遙香是多麼無懈可擊。

除此之外什麼也掌握不到。

因此，正樹的調查行動來到下一個階段。

實際訪查。

但詢問內容不再是她這個人之前是否存在，而是關於她的過往。

正樹已經不打算否定她這個人的存在。正因如此，為了更了解她，正樹決定盡可能蒐集所有消息。

而辛苦的結果如下：

她似乎是在升上高中時與家人一起搬到這個小鎮，現在已經在這間學校建立起無可動搖的地位。容貌可人、品行端正、成績優秀，她是如此鶴立雞群，但對體育似乎很不在行，然而這個缺點也被視作她的可愛之處。另一方面，從未有人能與她交往。大部分的人都認為她高不可攀而不抱期望，雖然其中也有極少數的勇者向她開口告白，但全都在下一瞬間殞落。足球隊、籃球隊、網球隊、游泳隊、田徑隊、柔道社的主將們接二連三遭到回絕，聽說最近連學生會長也加入了其中一員。順帶一提，興趣是閱讀。從她的外表也許無法想像，她似乎特別喜歡科幻小說，家裡也擺著整排相關書籍。

以上就是蒐集到的情報。

雖然最後還是不足以得知她的祕密，但並非毫無斬獲。

總括而言，風間遙香不在篠山正樹的好球帶。

無論男女老幼，所有人都有自己心中理想的戀人形象。

從活潑好動到安靜賢淑；聰明或擅長運動；身材高大或嬌小、頭髮留長或剪短；環肥燕瘦、娃娃臉或壞人臉；性格堅強或柔弱；巨乳或平胸。

每個人都有自己獨特的喜好吧。

就理想的戀人形象而言，無論旁人如何讚不絕口，她依然不是正樹想主動一親芳澤的類型。

不管是笑起來掩著嘴的優雅模樣，或是走路時挺直背脊的端正姿勢，還有主動接受教師委託的個性，一切都完美過頭，令他看了不自在。

當然了，篠山正樹不否認她距離自己太過遙遠。就算自己真想一親芳澤，也沒有輪到他的一天。換言之，就像不平行也不相交的兩條直線。風間遙香與篠山正樹之間的距離就是這麼遙遠。

所以正樹壓根兒也沒預料到事情會演變成那樣。

當九月接近下旬時，正樹明白繼續調查遙香也沒有意義，便過著新的日常生活。

來到學校就趴在桌上，聽見上課鐘響便撐起身子，但是老師講課幾乎全當耳邊風。午休時間與好朋友一起度過，放學就直接回家，也不會和誰一同出遊。

與所謂的青春相去甚遠。這就是正樹新的日常生活。

就在那樣平淡的日子裡。

平常導師在宣布事項後就會結束放學前的導師時間，但今天必須為了十月即將舉辦的球技大賽進行討論。

首先在班上選出執行委員，再以執行委員為中心一一決定每個學生參加的項目。

話雖如此，不會有人主動想接下執行委員這種麻煩事，因此在這種時候總是格外耗費時間，這是正樹認知中這個班級的特徵。

然而，只有一個人是正樹認知中的例外。

在班導開口詢問：「有誰想擔任執行委員嗎？」所有人沉默不語的寂靜之中，那名女學生毅然舉起手。

「老師，可以交給我嗎？」

她正是風間遙香。

沒有人反對她的毛遂自薦。既然有人主動願意擋下麻煩，當然大家也樂得輕鬆。另一方面，或許也代表眾人對她的信賴吧。

成為執行委員的風間遙香站到講台上，從導師手中接過一份資料。上面大概是球技大賽的比賽項目一覽表。她看著那份資料，在黑板上寫下比賽名稱，結束後轉身面對同學們。

「如果有自願參加的項目，請舉手告訴我。」

她如此宣布後，剛才一片死寂的教室便傳出騷動聲。大家開始和朋友討論要參加哪項比賽，和樂融融地向執行委員表達意願。

在熱鬧的教室裡，正樹決定趴在桌上度過。正樹對球技大賽沒有任何興趣，反正最後總是會有空缺留給他。

但這成了正樹的錯誤。

起初只是沒事做就趴在桌上，但正樹漸漸開始打起瞌睡。突然一隻手拍在肩膀，讓正樹驚醒，抬起臉來發現遙香就站在身旁。看來是她叫醒了自己。

換作是暑假剛結束時的正樹，肯定會驚惶不已，但現在的他某種程度已經習慣遙香的存在，光是這樣不足以讓他驚慌。於是他鎮定地詢問對方的用意。

遙香苦笑回答：

「大家都回去了喔。」

「……咦？」

正樹環顧教室。除了他和遙香以外沒有別人了。

「該不會導師時間已經結束了？」

「嗯，差不多五分鐘前。」

「真的假的……」

正樹懊悔地仰望天花板。

放學後其實也沒預定要做什麼，所以時間多的是，但就這樣趴在桌上睡著度過還是讓他覺得浪費。

正樹對叫醒他的遙香道謝後，收拾書包準備回家。她回答「不客氣」回到自己的座位上，不知道在寫些什麼。

「風間同學還不回去嗎？」

正樹問道，她便伸手指向黑板。

「我今天要寫好那個交給老師才行。」

那個又是指什麼？

正樹看向黑板。黑板上寫著球技大賽的比賽項目與參賽者一覽表。看來她似乎必須將剛才討論的結果寫在專用的報告紙上，在今天放學前交給負責的教師。正樹在心中敬佩她願意接下這種麻煩事，同時瀏覽黑板上的結果。哦，那傢伙要參加那個項目喔？那群人一起選了那個啊？正樹這麼想著，尋找自己的名字，最後睜圓了雙眼。篠山正樹的名字出現在壘球參賽者的名單中。

「啥？」

正樹剛才確實認為隨便哪個空缺都好，但為何偏偏被分到壘球？

正樹拎起書包，連忙跑向教職員辦公室。

「老師，為什麼我被分到壘球啊！」

現在正樹有著不想與棒球扯上關係的理由，但不曉得原因的班導師只是露出微笑回答：

「哎呀，因為班上大家幾乎都說讓篠山參加，你又在睡覺。而且你不是棒球隊的嗎？那不是剛好嗎？」

「那是之前的事了！現在不是棒球隊了！」

「是這樣喔？哎呀，就算是也一樣啊。我認為每個人都該參加自己擅長的比賽喔。棒球和壘球其實也很類似吧？」

「呃，話是這樣說沒錯……這個真的沒辦法改嗎？」

「嗯～名單都已經決定了，只聽某個人的意見就更改可能有些困難喔。」

「真的不能拜託老師幫忙一下嗎？」

「你這樣講我也沒辦法啊……如果有人願意來打壘球，你和那個人交換應該沒問題啦……無論如何，你先去和風間說一聲。她是我們班上的執行委員，你隨便跟人調換，最麻煩的還是她喔。」

正樹點頭後快步走出教職員辦公室。正樹知道遙香八成還在教室，總之先找到她向她告知自己的不滿吧。

「真是的，有夠麻煩……」

正樹如此喃喃自語，走在放學後的學校走廊上。

自窗口投入的夕陽讓氣氛更顯寂寥。外頭傳來的棒球隊吆喝聲與樓上傳來的管樂隊練習聲，彷彿與那份寂寥互相共鳴，也許就像平日空蕩蕩的遊樂園中大聲播放的歡樂音樂吧。

正樹這麼想著來到教室門前，伸出手打算開門。但他突然停下動作，因為教室裡傳來了說話聲。平常他會毫不在意就直接拉開門，但現在可不行。因為他已經從教室門上的玻璃看見了裡頭的狀況。

傍晚的教室內，男學生與女學生神情肅穆地面對面。男生是別班的學生，女生則是風間遙香。

正樹的直覺告訴他，自己撞見了告白的瞬間。因此他原本打算識相地暫且離開，但這時鄙俗的想法掠過腦海。這不是應該看到最後嗎？因此正樹微微拉開門讓對話聲能傳到耳邊。雖然心裡確實有幾分罪惡感，不過終究沒勝過好奇心。所以他屏息靜候，將精神集中在聽覺上，心臟因為期待與緊張而加快躍動。

一瞬間就結束了。

「我很抱歉。」

遙香鄭重地低頭拒絕了對方的告白。

另一方面，男學生露出淡然的苦笑，恐怕早就預料到會有這般結果吧，留下一句「那我先走了」便走出教室。正樹慌了手腳。這樣下去他會被發現剛才躲在門外偷聽。雖然正樹連忙想找地方藏身，但那個男生似乎很受打擊，沒注意到正樹就這麼離開了。

正樹鬆了口氣，隨後像是讚賞剛才那位勇者般握緊拳頭。

你剛才很努力了，了不起的勇氣。

但同時新的煩惱也跟著湧現。

接下來該怎麼辦才好？雖然正樹想早點把該傳達的事情告訴她後趕緊回家，但現在大概不適合。過一段時間再來找她吧。

正樹這麼想著，打算離開教室門前時。

「唉～～真受不了，有夠麻煩的。我還有執行委員的工作得處理耶，拜託別浪費我的時間好不好。」

怨言。

正樹環顧四周想找出剛才的聲音來自何方。沒有其他人在場，除了教室中的風間遙香。

因此正樹把臉湊向門縫窺探，想確定剛才聽見的那句話是不是自己聽錯。

風間遙香坐在椅子上，再度投入執行委員的工作中——嘴裡不斷咒罵。

「明明就只看外表，不要來告白好不好？而且還挑我在忙的時候。」

這個瞬間，正樹就連「人家只是來告白，有必要說成這樣嗎」的憤怒都忘了，滿腦子只剩驚愕。

平常有如好人家大小姐般端莊的她口無遮攔地發洩心中的怨懟，正樹怎麼可能不驚訝？

不小心撞見了不該見到的情景。

不小心聽見了不該聽見的話語。

正樹將剛才哽在喉嚨的驚呼聲嚥下，緩緩地打算把臉從門縫挪開。

就在這時，喀啦一聲。

正樹想悄悄離開，但這時手不小心碰到門，不小心拉開了門。

正樹因為自己的失誤暗叫不妙，緊接著戰戰兢兢地轉過頭。

她正睜圓了雙眼看著自己。

短短一瞬間，轉身逃走的想法掠過正樹的腦海。但是最後正樹的思考抵達若無其事地與她對話會比較好的結論。

我什麼也沒看見，因此我沒理由逃走，那麼我應該保持平常心完成自己該做的事。這樣就對了。

正樹清了清嗓子，擺出若無其事的淡然表情走到遙香面前，告知自己對出賽的項目有所不滿。

「那個啊，球技大賽參加的那個項目喔，我現在是被分配到壘球，有沒有辦法改啊？」

「……」

「呃，妳有聽見嗎？我想換到其他項目耶。」

接下來她只要明白正樹的用意，同樣以若無其事的態度配合就好。如此一來，真相就會消失在黑暗之中。

然而，遙香卻俯著臉一語不發。瀏海遮掩她的表情，再加上沉默，讓正樹完全不懂她在想什麼。

正樹壓低了臉想看清她的表情，但在這瞬間她突然一把揪起正樹的領子，把他的臉拉近到額頭幾乎相觸的距離。眼前視野被她那有如修羅的憤怒表情所占滿，緊接著——

「剛才看見的事不准告訴別人！」

於是正樹的善意就這麼被糟蹋了。

無論誰都有祕密。

正樹當然也有。不想讓父母發現的雜誌、不願讓朋友得知的癖好。所以正樹也認為當自己無意間得知其他人的祕密時，絕對不該向別人洩露。

這次也不例外。

就當作沒看到吧。

剛才正樹的確這麼想。

然而——

「剛才看見的事不准告訴別人！」

她二話不說就徹底粉碎了正樹的一番好心。

「喂！幹嘛悶不吭聲啊！我叫你不准告訴別人，你回答啊！」

遙香如此請求，但姿態未免擺得太高了，居然揪著對方的領子用吼的。不，這其實不叫請求吧，根本就是命令。

正樹其實壓根兒沒有要向別人洩漏的想法，也認為自己就算說了恐怕也沒人會相信。風間遙香的地位就是如此穩固。

正樹只是純粹感到疑問。

為什麼她要隱藏自己的本性？

正樹只想得知理由。

不過，現在還有更重要的問題。

當對方抓住自己的領子像這樣施壓，正樹就不由得想反抗。

所以——

「我考慮看看喔，如果有事相求的人擺出好一點的態度啦。」

「唔……」

正樹如此試探般反擊後，遙香放開他的領子緩緩後退，保護自己似的將雙手舉到胸口。

「你想要什麼……？話先說在前頭，任何下流的要求我都不會答應。」

「……在妳眼中我是這種人喔？」

「那當然。新學期第一天就甩開我的手胡言亂語的人，我怎麼可能相信啊？而且理由居然是忘記有我這個人，這怎麼可能啊？」

「不是啦，該怎麼說，那時候我只是一時錯亂啦……」

「而且其實我都知道，你在那之後就一直想接近我對吧。」

「妳是哪隻眼睛看到了啊……」

「有人跟在背後，不管是誰都會發現吧。況且你四處打聽我的消息，大家也都好心提醒過我了。」

「真的假的……」

正樹不禁有種類似遭人背叛的心情。

「這種像蒼蠅一樣在我身邊飛來飛去不知想刺探什麼的傢伙，我當然不會信任。」

「居然叫我蒼蠅喔。老實說還滿傷人的耶……算了，總之這次的事情我不會說出去，妳就相信我吧。」

「我說了，我才不會相信你。你聽不懂人話？不過不好意思，我沒學過和變態溝通的語言啊。」

「這女的……」

乾脆真的去散播流言吧。

正樹嚥下這股怒氣，思考著。

就算自己再怎麼聲稱不會說出祕密，雙方也只是繼續走在平行線上吧。既然如此，隨便提出一個要求，結清這次的人情債，她在精神上應該也能比較安心。

正樹默默地如此思考著。

另一方面，遙香狐疑地觀察默不作聲的正樹。然而，她突然像察覺到什麼似的提高警覺，直瞪著正樹，眼神中充滿了輕蔑的情緒。

不過正在沉思的正樹沒察覺對方的反應，只是就剛才得到的結論開口：

「既然這樣，回家路上請我吃個冰吧。」

隨意提出的要求。沒有任何其他意圖。

但是遙香的眼神倏地轉為銳利，簡直像在譴責對方。

搞不懂她為什麼要狠狠瞪著自己，正樹也納悶地皺起眉頭。

難道就這麼不想請正樹吃冰嗎？明明花個一百圓就能了事啊。話雖如此，若是現在動怒，一切都將付諸流水。

正樹為了保持平靜，吐出一口氣，再度問道：

「所以說妳答不答應？我是無所謂啦。」

遙香不甘心地咬緊了牙。經過好半晌的沉思，百般不情願似的露出苦惱的表情答應。

「好吧。我沒辦法，勉為其難只能接受你的提議。勉為其難。」

「為什麼要這麼強調自己是被逼的？」

正樹不禁想著。

這女的好像連一支冰棒的錢都不願意花在我身上，度量是有多小啊。

「算了——對了，妳要什麼時候才回去啊？」

「把所有參賽者填進這張名單之後。」

「那就快點搞定啊。我會好心等妳的。先說好，我可不會幫妳。」

既然她要讓人這麼不愉快，那自己賭上這口氣絕不會伸出援手。

遙香以冰冷的視線看著如此宣言的正樹，但那似乎並非因為正樹不幫忙而感到不滿。

「……你該不會想在這裡等？」

「不然咧？」

「你可以出去嗎？」
「啥？為什麼？」
「我不想和你呼吸相同的空氣。你可以出去嗎？」
「啊，是這樣喔。」
正樹咂嘴後走出教室，背靠著走廊的牆一臉憤恨地等待。在遙香結束執行委員的工作走出教室前，正樹不斷在心中咒罵她。
這麼說來，對球技大賽的參加項目有所不滿這點還沒好好商量。
在遙香走出教室不久前，正樹終於回想起這件事。
等了數分鐘，完成登記工作的她若無其事地走出教室。但她對在這裡等待的正樹沒有一句慰勞，反倒是連正眼都不瞧，逕自走向教職員辦公室。
正樹只好跟在她後頭。
「不是我要說喔，既然是妳讓我等，妳是不是該說些什麼啊？」
她轉過頭瞄了正樹一眼，以厭煩的語氣回答：
「我又不希望你等我。我才想問你為什麼還在那裡，很閒嗎？沒其他事情好做？沒有其他興趣嗎？如果真是這樣，你這人還真夠無趣的。」

「……對花時間等的人是這種態度喔？」
已經沒什麼好說了。總之只要了結這次的意外，之後就再也不需要與她扯上關係。只要撐過今天，明天開始又是一如往常的日常生活。
所以正樹也懶得再回嘴。
不過該告訴她的正事還是得先說清楚。
「那個啊，球技大賽的項目喔……」
「你被分到壘球項目，所以呢？」
「嗯。我最近不太想打棒球，想換成其他項目。」
「辦不到。你在睡覺所以不曉得吧，大家幹勁十足也很想打贏。踢過足球的全都參加足球，打過籃球的全都參加籃球項目，當然有棒球經驗的人自然也會被分配到壘球。這時突然有個人跳出來說，我雖然有棒球經驗但我不想打，所以我想換組，你覺得這種意見會有人接受嗎？」
「這個嘛……」
「再說，睡覺的人哪有什麼選擇權？我不曉得你為什麼不想打棒球，但球技大賽就一天而已，忍耐一下參加比賽。就這樣。」
根本無從談起。

正樹的抗議就這麼被一口回絕。

經過教職員辦公室後，兩人一起來到鞋櫃換鞋，步出校舍。因為兩人都是騎腳踏車上學，便一起走向腳踏車停車場。在移動的過程中沒有任何對話。其中一個理由是就算主動搭話，她也只會惡言相向，不過沉默並沒讓正樹感到不自在也是個原因吧。不知為何，正樹對這沉默沒有反感。

儘管如此，正樹還是有些事想先問清楚。

自棒球隊正在練習的操場旁走過時，正樹無所謂地問道：

「妳平常幹嘛隱藏這種個性啊？」

「我沒有隱藏。」

「擺明了就戴著面具嘛。」

「我沒有戴著什麼面具。」

「喔，那是裝乖乖牌嘍？」

「你煩不煩啊！」

「那妳幹嘛隱藏本性嘛。唉，不過那種難相處的個性，要交朋友的確也很困難吧。」

「我再說一次，我沒有隱藏，只是看對象改變態度而已。」

「有夠差勁耶。」

「這很普通吧。無論是誰都會視對象改變自己的態度，我也不例外而已。面對喜歡的人或討厭的人，態度當然會有所不同。」
「哦，所以妳的意思是妳討厭我嘍？」
「難道有任何要素讓你誤會我對你有好感嗎？」
「是沒有啦，不過我也不記得自己做過什麼會讓妳討厭的事啊。」
此話一出，只見遙香對正樹投出責難般的眼神，下定決心開口：
「因為——」
就在遙香要說出口的瞬間，傳來了不知是誰呼喊正樹的聲音。轉頭一看，區隔操場的鐵絲網另一頭，站著一名棒球隊隊員。
他名叫吉留，在三年級生退出棒球隊後成為新隊長的男學生。
「正樹，你現在要回去嗎？」
「是沒錯。幹嘛？」
「啊，呃……」
吉留欲言又止，視線四處游移。
「到底是怎樣？有話就快說啊。沒事的話我要走了喔。」
「等一下，那個……啊，妳該不會是風間同學？」

直到這時吉留才注意到遙香的存在。不過從他的反應來看，顯然一開始他會叫住正樹與遙香毫無關聯。

另一方面，遙香露出平常面對同學時的柔和笑容，悠然向吉留打招呼。變換自如的態度說是戴上面具也不為過吧。

「還真罕見耶，正樹和風間同學一起出現。」

「哦，是喔？」

在眾人的認知中，風間遙香是與大家一起進入這間高中。但是篠山正樹的記憶裡沒有她的身影。換言之，大家也許知道兩人過去有過什麼交流，只有正樹本人不知情。

不過從吉留的反應來看，風間遙香與篠山正樹過去似乎算不上有什麼交情。

「話說，你們兩個現在打算去哪裡啊？」

吉留如此問道，正樹吐出打從心底感到麻煩的嘆息。

「也沒要去哪，只是剛才碰巧遇見，就一起走出學校而已。」

「哦～～是喔？」

「……看來你找我好像也沒事嘛。那我要走了喔。」

「咦？啊、嗯。路上小心。」

「該小心的是你吧。別再受傷了。」

聽正樹這麼說，吉留露出苦笑。苦笑中沒有對正樹的體恤感到的喜悅，反倒有幾分尷尬的苦澀。不過正樹沒理會他的反應，逕自邁開步伐。其實正樹現在實在不怎麼想撞見吉留。

這回遙香快步跟了上來。

「沒關係嗎？他好像有想說的話還沒說。」

「沒關係啦。反正也不會是多重要的事——別管他了，快走吧。」

正樹加快步伐，像要逃離當下的話題或情境。

遙香不滿地看著他的背影。

來到算遍整個鎮上也沒幾家的便利商店，正樹在店裡讓遙香請吃冰後，沒和她有其他交流就回到家了。把腳踏車停在玄關旁，不經意地抬頭仰望自家。

圍繞在水泥圍牆中，兩層樓高的老舊獨棟民房。正樹的房間就在二樓，一直到前些日子正樹都與哥哥一起用那個四坪大的房間。

哥哥離家搬到大學附近是在暑假時，正樹當初得知自己接下來能自由使用整個房間，曾經興奮地想著要好好利用，但實際上當哥哥離家後，正樹卻拿不出任何幹勁。理由很單純，因為根本感覺不到那種必要性。也許在篠山正樹長年累積的認知中，四坪大的房間原本就該分配給兩人使用。

正樹走進玄關後，首先探頭看向客廳，隨後又走進廚房。母親這時已經在準備晚餐，正樹順便問了晚餐的菜色，從母親口中得到親子丼這個答案。得知晚餐正好是喜歡的菜色，正樹便滿足地走上二樓。一進到房間就將書包扔向一旁，換上輕便的居家服。

就在這時，正樹突然回想起來。

因為吉留恰巧在那時搭話，讓正樹忘了追問為什麼風間遙香這麼討厭自己。

究竟是為什麼啊？

正樹先是東想西想，但真相只有向她詢問才有機會得知，因此正樹決定不再浪費心力。況且這次讓她請吃冰之後，彼此的人情債已經一筆勾銷，從明天開始別再和她扯上關係就好。就算她討厭自己，也不會造成任何麻煩。

人總是會在不知不覺間為旁人分級。

從上而下大致上分為「死黨、朋友、點頭之交、陌生人」吧。

風間遙香屬於「點頭之交」的位置。換言之，她對正樹的重要性也不過如此。既然這樣，她討厭正樹也不構成什麼問題。

這就是正樹最後得到的結論。

隔天早上。

上學途中，無數的視線指向正樹。從校門口、鞋櫃、走廊到教室的一路上，總是有不同的學生向他投出視線。每當他感到莫名其妙而回望對方時，對方會立刻抽回視線，與一旁的友人開始竊竊私語。

難道是我臉上沾到什麼東西嗎？

正樹對這無法理解的現象感到疑問，來到教室門前。伸手撫上門時，突然發現了小小的異狀。今天教室內似乎比平常更吵鬧。到底發生什麼事了？正樹拉開門走進教室。

剎那間，教室鴉雀無聲，同學們的視線集中在正樹身上。

那情景不禁讓正樹倒抽一口氣。

集中在自己身上的視線中灌注的情感各有不同，有欣羨、有疑惑，也有怨恨與嫉妒等形形色色，但似乎大多都是負面的。

現在到底是怎樣？

正樹渾身不自在地來到自己的座位，移動的過程中同樣受到無數的注目。真是尷尬，難道自己搞砸了什麼嗎？平常正樹總會趴在桌上等待上課鐘響，但在眾人的注目下，他實在沒辦法這麼做。正樹環顧四周，詢問井上究竟發生什麼事。

正樹這麼一問，只見井上皺起眉頭。

「這個應該是正樹你最清楚吧。」

「清楚什麼？」

「當～～然是這次騷動的原因啊，你應該最清楚吧。」

「我才想問原因咧，我到底清楚什麼啊？」

「就說了——」

井上一臉煩躁地要說出理由的瞬間，教室門倏地敞開。教室裡的視線紛紛轉向門口。現身於門口的正是由美，或許是慌慌張張趕來的，她額頭上冒著汗珠，不過似乎一點也不在意。她一發現正樹，也不管這裡是學長姊的教室，就這麼大步靠近正樹。接著——

「正樹，我有事要問你。」

「是、是要幹嘛啦。」

由美不理會仍不知所措的正樹，瞥向遙香後說道：

「在這裡不太好，到走廊上講。」

「不好是怎樣不好？」

「少廢話，就是不好啦。」

「我就問妳是怎樣不好——」

「來就對了啦！」

「啊，嗯。」

正樹只好跟著她走出教室。才走出教室，走廊上的學生們視線紛紛集中向正樹。正樹再度感覺到渾身不自在。這時由美逼問：

「正樹！你和風間學姊開始交往了，這是真的嗎？」

「……啥？」

「不要裝傻！現在明明全校都在傳啊！」

「別鬧了啦，妳到底是在……」

胡說八道什麼——正樹原本不打算當一回事，但是他見到青梅竹馬的眼神絕非開玩笑，隨後又察覺到旁人的視線證實了由美所言不假。

「……真的假的？」

正樹面對超乎想像的事態，愕然無語。

但是從大家的反應來看，恐怕是真的吧。

那麼，究竟為什麼會招致這種事態？

究竟是從什麼時候演變成這樣的？

「到底是從誰開始傳的啊！」

正樹一問，由美像是被音量嚇到，仍然回答：

「也沒有誰啊，是風間學姊自己講的……我聽說是這樣啦。」

「妳說那個女的？」

正樹立刻去找遙香。

她一如往常在同學們的圍繞下，但表情顯得有些困擾。看來似乎正受到同學們接連不斷的質問攻勢。至於內容，從身旁那些人的興奮表情就看得出來。

這時正樹快步靠近那人群。同學們察覺到正樹的存在，紛紛斂起笑容向後退開，在正樹面前讓出一條通往遙香的路。正樹在眾目睽睽下走過去，來到遙香面前，在她開口詢問來意前就先說：

「可以借一步說話嗎？」

正樹也覺得自己的語氣太過肅殺。恐怕是因為自己已經知道那笑容只是張面具，也無法強迫自己忽視面具底下的本性。

「什麼事？不能在這邊說嗎？」

「我希望可以單獨跟妳說。跟我來一下。」

正樹用拇指指向走廊方向。

想在沒有其他人注目的安靜場所問個清楚。

遙香明白了正樹的用意，點頭同意後自座位站起身。
移動的過程中，正樹與遙香同樣受到難以數計的注目。
理由已經明白了。至今回絕告白無數次的風間遙香終於決定了對象，會受到全校矚目也是當然。
然而因為那個對象，那些視線中暗藏的情感似乎相當複雜。
為什麼是那傢伙啊？
話說他到底是誰啊。
疑問、嫉妒、怨恨。灌注了負面情緒的視線不斷刺在正樹的背上。
不過現在那些視線一點都不重要。
問題在於，自己現在為什麼和她成為戀人關係。
正樹帶著遙香來到校舍的屋頂上。雖然午休時有幾群人固定會來這裡，但除了午休時間，沒什麼人會靠近。正樹覺得那裡應該會是個適合的地方。
一如所料，早上的屋頂上沒其他人在。
但是受好奇心驅策，一路尾隨的豺狼們正躲在通往屋頂的門後方，模樣簡直就是狗仔隊。拜託別那麼白目好嗎？

雖然要把他們趕走也不是不行，但正樹認為大概只是白費力氣，便從門口拉開一段聽不見說話聲的距離，開始與遙香交談。

「好了，那我要問了。」

「問？有什麼好問的嗎？你這隻滾屎蟲。」

滿臉笑容。從一如往常的柔和笑容噴出骯髒的字眼。

「事情變成這樣的原因根本就在你身上，還有什麼好問的？」

「原因是我？等等，我們正在交往是妳跟別人講的吧？」

「是啊，是我沒錯，但一開始就是你強迫我和你交往吧？」

「……嗯？」

什麼？現在到底是怎麼回事？該不會就像先前自己不記得有風間遙香這個人，現在又發生了類似的現象？

木已成舟，但只有篠山正樹本人不知情。

正樹感到一抹不安，但甩了甩頭穩定精神問道：

「等一下，我從來沒有強迫妳和我交往啊，況且我也沒有這樣暗示過妳吧……」

「你居然臉皮厚到能說出這種話啊。」

「雖然妳這樣講，但我真的不知道有這回事啊。」

「好吧，你到底有多麼卑鄙，我就勉為其難一五一十地解釋給你聽。你把耳朵挖乾淨聽好了。」

當遙香開始說明，正樹終於知道雙方認知有何落差。

真相必須回溯到昨天放學後——當時正樹思索著不散播遙香本性的條件。

◇

正樹對她傲慢的態度氣憤到有股想乾脆公開一切的衝動，但還是勉強保持冷靜，思考如何處理當下的情況。

然而這時，遙香正將狐疑的視線指向沉默的正樹，同時天大的誤會在她腦中逐漸成形。

這男的肯定是想威脅我。現在他一定正思考著卑鄙的手段。看著我的眼神暗藏一股惡意，肯定是這樣沒錯。

正樹對遙香的誤會渾然不覺，提出他的結論。

——既然這樣，回家路上請我吃個冰吧——

正樹認為這樣一來就能讓一切一筆勾銷。

然而，遙香的誤會因為她那自我意識過剩的本性而暴衝。

確定了，這男的肯定對我有意思，不對，是愛上我了，才要我放學跟他一起走，換言之就是要我放學後和他約會。等等，既然想和我約會，那不就等於要我和他交往嗎？他現在實質上就是強迫我和他交往吧。肯定是這樣沒錯。這男人肯定喜歡我。現在回想起來，這幾個星期來他四處探聽我的消息，也是出於對我的好感。新學期開學時反常的反應，一定也是因為被我觸碰才會害羞而一時失控。

這男人居然對自己心儀的女生用這種手段，究竟有多卑鄙。

遙香的眼神轉為銳利。

正樹皺著眉頭思索自己為什麼會被瞪，並詢問遙香的意見。

——所以說妳答不答應？我是無所謂啦——

遙香咬牙切齒。

這男人明知道我沒辦法拒絕，卻還裝出一副自己對我沒興趣的態度，目的就是讓我低聲下氣懇求他與我約會。

這卑鄙的傢伙。

遙香懊悔地咬緊牙根，百般不情願地答應了正樹的提議。

——好吧。我沒辦法，勉為其難只能接受你的提議。勉為其難——

◇

在她的認知中，事件的經過似乎是這樣的。

聽完解釋，那超乎想像的內容令正樹不由得仰望天空，隨後說道：

「妳不要鬧啦。」

自己不知不覺間被她當成了卑鄙至極的傢伙，而且完全出自單方面的誤會。

「什麼嘛，到頭來還是因為你那樣講容易讓人誤會吧。」

「啥？妳到底是哪個字聽錯才會誤會啊？腦子是不是有洞啊？」

「什——你說我腦子有洞？和我比，你學業成績明明就差到天邊去！」

「現在會聯想到學業成績就表示妳真的腦子有洞啊！」

「你說什麼！」

「怎樣啦？」

一觸及發的兩人幾乎要伸手抓向對方的瞬間，遙香突然驚覺到觀眾的存在，轉頭看向通往屋頂的門。正樹察覺遙香的反應，也將視線挪向那裡。

狗仔隊依然躲在門後。他們該不會以為自己沒被發現吧。但要是爭執的場面讓他們看見，無法想像會形成什麼謠言。

現在應該先冷靜下來。

正樹清了清喉嚨試著恢復鎮定，向遙香詢問最重要的問題。

「剛才那些事，妳該不會跟別人提過吧？」

如果那些誤會就這樣在全校流傳，篠山正樹的社會地位將墜落谷底。

「你是說強迫交往的事？怎麼可能。」

「是、是喔。那就好……」

「一點也不好。接下來要怎麼辦啊？」

「接下來？」

「就這樣繼續交往，或是分手。」

「隨便怎樣都好吧。妳想分就分一分啊，我是無所謂啦。」

能和她成為男女朋友，對男生而言也許是無上的喜悅吧。正樹本身倒也沒那麼厭惡。不過前提條件是彼此都同意交往，因為那種誤會才得來的關係一點意義也沒有。既然如此，乾脆分手也不構成任何問題。

正樹這麼認為。

然而——

「真能那麼輕鬆了事就好了。話先說在前頭，我們現在正在交往這話題已經傳遍全校了。要是交往還不到一天就分手，那不是會影響到我的評價嗎？」

「在意那個要幹嘛？況且如果妳沒有主動跟別人亂講，頂多就只是我們之間有誤會罷了，為什麼要特地……」

正樹瞇起雙眼投出責難的眼神，遙香懊惱地咬牙切齒。

「有什麼辦法，因為我覺得我必須比你先宣言我們在交往啊。」

「為什麼？」

「因為我那時覺得你是那種會趁機散播謠言的卑鄙小人啊。」

「……真夠糟的，特別是對我的評價。」

「總之，不能立刻分手……這樣吧，交往幾個月後，因為你實在差勁透頂，只好分手，這樣的情境最好。」

「到底是哪裡最好，拜託解釋得讓我也能聽懂。」

「所以這陣子先裝作在交往，可以吧？」

「喂喂？我的聲音有傳到嗎？」

「有誰有意見嗎？」

「我從剛才就一直有意見。」

「看來是沒有吧。既然這樣……」

「有。這裡有人想發問。」

「好，那邊的豬公同學請說。」

「這個嘛，為了能順利分手，我認為我們應該互相合作。妳明白嗎，自戀女？」

「原來如此、原來如此。可以請你告訴我詳細的內容嗎，蟲子先生？」

「很簡單。妳也在大庭廣眾下做出一些讓人家對妳評價下降的行徑不就好了？這不是個好主意嗎？」

「啊哈哈，路邊的垃圾先生真的好風趣喔～預祝你在打掃時間被塞進焚化爐喔。」

「啊哈哈，像水溝淤泥一樣的內在送進焚化爐也燒不乾淨吧～～」

「啊哈哈哈哈哈哈哈哈。」

「啊哈哈哈哈哈哈哈哈哈。」

兩人對彼此露出笑容，同時在心中咒罵。都是你的錯、都是你不好。但是再怎麼爭執不下，最後還是拿不出辦法而嘆息。

兩人最終得出的結論是等候時機，找個適當的理由宣布分手。

沒必要在大庭廣眾下暴露醜態，也不需要有誰扮黑臉。

無論如何，既然遙香反對立刻宣布分手，那正樹也打算配合她。正樹本身沒有喜歡的對象，最近這陣子也閒得發慌。既然如此，享受這樣超乎日常生活的情境倒也不錯。

在兩人的協議抵達終點時，正樹突然想到。

「嗯？等一下喔。妳昨天說妳討厭我，該不會是因為妳的誤會？」

「什麼意思？」

「就那個啊，妳以為我威脅妳，逼妳和我交往……」

「啊，和那個無關。雖然那時我的確因為誤會而鄙視你，不過在那之前，暑假剛結束時，你就已經讓我看了很煩躁。」

「暑假剛結束時？」

「暑假結束後我才知道，聽說你退出棒球隊了啊。你要不要待在棒球隊，我是沒有什麼意見，不過退出棒球隊的你成天渾渾噩噩，看了就覺得煩。」

正樹確實原本是棒球隊的一員，但是因為暑假發生的事件而退出。在那之後對任何事都提不起幹勁，只是無所事事地過著每一天。

不過——

「那點小事就讓妳用那種態度對我喔？」

對她又不造成任何麻煩，沒理由因此吃上那樣毒辣的對待。心裡要煩躁要厭惡都是她的自由，不過實際表現在眼前還是讓正樹不舒服。

然而遙香本身似乎對這一點也有自覺，雖然明白但還是無法克制，因此也不打算改變她的態度。

如此一來，雙方的意見就成了平行線。恐怕彼此都不會退讓吧。

雖然正樹對她認識不深，但這點程度還看得出來。

所以正樹停止抱怨，要她趕緊一起回教室。畢竟在這裡待太久也可能產生無謂的謠言，現在上課鐘差不多該響了，剛才躲在門後的圍觀群眾也已經消失無蹤。

遙香看著話說完就想離開屋頂的正樹，納悶地問道：

「這是我要求的，這樣問也許很奇怪，不過你為什麼要幫我？那個……你也可以乾脆告訴大家啊，說風間遙香其實是這種人。」

於是正樹自暴自棄般回答：

「反正就算我說了，也沒人會相信吧。」

風間遙香在校內的地位就是這麼穩固，旁人反而會認為是正樹故意想抹黑她，讓正樹的評價一落千丈吧。

「所以你才配合我？」

「真要問這是不是原因，我覺得也不算全部啦……」

比方說，正樹既然已經向由美與奶奶誇下海口，那就非得交個女朋友不可。就這個角度來看，這次的誤會有其利用價值——這也算是個不錯的理由吧。

此外，反正最近閒得發慌，就算不是真的，嘗試看看與女生交往的感覺也滿有趣的吧。這樣的想法不禁浮現心頭也是事實。

不過如果要問這些是否真的是理由，正樹還是無法斬釘截鐵地回答。確切的理由正樹說不上來，左思右想也只能得到「也許、大概、恐怕」諸如此類的猜測，找不到明確的答案。

最後，正樹懶得再想下去了。

「你還真是個怪人。」

「面具想摘就摘，想戴就戴，妳也夠怪的了。」

「你真的很愛頂嘴耶。」

「妳才是嘴巴不饒人吧。」

「真教人生氣。」

「我知道啊。」

遙香皺起眉頭一腳踢向正樹的小腿，隨即跑向屋頂的門。正樹想對遙香抱怨，但她扮了個鬼臉拋下一句「誰管你啊」便離開屋頂。

儘管懷抱著無數問題，兩人奇妙的青春生活就此揭開序幕。

2．致陌生人

「正樹同學，早安。」

正樹來到學校後，迎接他的是遙香的笑容。

笑臉盈盈的她與平常別無二致，那是她面對同學時的笑容。但是正樹不會忘記在那面具底下藏著口出惡言的本性。

正因如此——

「早安，遙香。」

「正樹同學，你有記得寫英文的作業嗎？」

「沒有，其實我忘了根本沒寫。遙香，借我看吧。」

「不可以啦，要自己做才有意義……墮落的傢伙就是這樣。」

「嗯？妳剛才說了什麼嗎？」

「咦？有嗎？」

「沒有啦，說的也是。得自己做才行嘛。」

「對啊，功課本來就該自己寫嘛。」
「真有道理……全都聽見了啦，還在裝。」
「咦？你說了什麼嗎？」
「沒有，我什麼也沒說。」
「我想也是。」
「啊哈哈哈哈哈。」
「啊哈哈哈哈哈。」
這樣的情侶戲碼開始上演後，不知不覺已經過了一週。
起初雖然正樹也受到無數同學們追問究竟如何奪得遙香的芳心，但現在情況已經平靜許多，不再有人對他問東問西。
順帶一提，對於諸多疑問，正樹只以「商業機密」當作回答。
因為正樹根本就無法回答。
對方誤以為遭到威脅才開始交往，這種話要怎麼說出口？
不過正樹奪得遙香的男友這個位子，還是有人懷抱不滿。簡單說就是風間遙香的粉絲。
那些學生不時會散播一些驚悚的謠言。
內容千篇一律都是對正樹的毀謗中傷。像是那傢伙威脅風間同學，強逼她交往等。內容

大概都是如此，所以幾乎沒有人當一回事，但無法全盤否定才恐怖。

正樹與遙香打過招呼來到座位上，原本打算就這麼趴在桌上，但在那之前同學對他遞出了漫畫雜誌。

「喂，正樹覺得哪個比較正？」

攤開在眼前的頁面上是一幅寫真女星的泳裝集合照。正樹將視線轉向同學，看來是朋友之間在討論彼此的喜好，話題波及正樹。

正樹懶散地指了其中一個人。同學見狀便不滿地回答：

「怎麼會選那個啦。這樣的話，這個不是比較好？」

「那個人瘦過頭了吧……」

感覺好無聊。就這樣和他們討論寫真女星也沒啥意思，難道沒什麼樂子能找嗎？

就在這時，正與同學們聊天的遙香映入眼中。一如往常戴著面具的她。正樹茫然望著那模樣，隨後挑起嘴角不懷好意地笑道：

「況且你選的那個一臉就是很假的樣子。」

「會嗎？要問假不假，你那個才比較假吧？」

「哪有，絕對是你那個好不好。平常絕對都在裝可愛，不騙你！」

兩人閒聊到一半，那同學突然閉上嘴。正樹納悶地把視線從雜誌往上抬，看見那個同學露出苦笑，用眼神示意正樹看看背後。正樹明白了對方的用意，轉頭向後，只見遙香微笑著站在身後。看來似乎是讓這位同學擔心了。畢竟在女朋友面前討論寫真女星不太好吧。不過對正樹而言，一點關係也沒有，反倒是打從一開始就猜測事態會如此發展。

「正樹同學，你好像很開心呢。」

「還好啦。找我有事？」

「沒什麼。雖然不是什麼大不了的事，可以借我一點時間嗎？」

「有事找我？喔，妳說啊。」

正樹擺出有事儘管現在說的大方態度，遙香言下之意則是希望找個沒有旁人的地方。不過正樹故意裝作沒聽懂。

「是怎樣啊？有什麼事就快說嘛。」

「嗯，我知道。我知道，不過那個……」

「咦，什麼？不好意思，講清楚一點。」

「那個，我有話想私下跟你說。所以……」

「私下說喔……所以呢？」

「咦？」

「所以說，妳想要我們兩個獨處談什麼？」

「你、你這傢伙……」
遙香的臉抽搐，但立刻恢復成模範生的樣子。
「因為不太希望讓旁人聽到，想找個能兩人獨處的地方，可以嗎？」
「所以就是不希望大家知道的內容？」
「差不多就是這個意思。」
「原來如此。所以遙香想聊些不想讓別人聽見的羞人話題吧。」
「等一下，幹嘛故意講成那樣——」
剎那間，教室內一陣騷動。
表面上維持清純形象的風間遙香，心中不願讓人得知的羞人話題，究竟是指什麼？
當這樣的魚餌向四面八方撒出，很遺憾，在這間教室內沒有人能不上鉤。那模樣就有如嗅著腐肉氣味的鬣狗，轉瞬間同學們發揮了無謂的想像力，與朋友交頭接耳竊竊私語。
畢竟是模範學生風間遙香，應該不至於太下流吧。
不，也許出乎意料就是那方面。
猜測喚來新的猜測，有如滾雪球不斷膨脹。每個小組得到各自的結論後，想一探究竟的視線一起指向當事人。
沐浴在眾人的視線下，遙香好不容易擠出尷尬的苦笑，但很快就無法支撐下去，一把抓住正樹的手臂硬是拖著他逃出教室，一路往屋頂上跑。

「你、你、你是白痴嗎？」

在無人的屋頂上，遙香如此逼問正樹。她滿臉通紅，不知是因為憤怒還是害臊。

「都是因為你講那種會讓人誤會的話，害我出醜了啊！」

看來兩方面都包含在內。

「妳說是我害妳出醜，可是原因本來就出在妳身上啊。」

「什麼？根本就是因為你吧。」

「因為我？什麼啊？我不記得有這回事啊。」

「臉皮還真厚……」

遙香憤恨地咬著牙。

「少在那邊裝無辜。你不是跟別人在聊什麼假裝不假裝的嗎？不是說好要保密，難道你已經忘了？」

「那又不是在說妳。」

「……咦？」

見遙香無法理解似的眨了眨眼，正樹打從心底大笑並說明，告訴她剛才他們只是在討論雜誌上的寫真女星。
「不會吧……」
「受不了，自戀女就是這樣。拜託妳別老是因為這種誤會給我帶來麻煩好不好？」
「唔唔唔……」
看來她明白了錯在自己，想不到該怎麼回嘴。
不過正樹當然也不會告訴她其實這一切都在他的算計之中。
正樹背靠著防止墜樓意外的格狀金屬圍籬，對遙香問道：
「這就先不管了。雖說是表面上假裝，我們開始交往後一直都盡量放學一起回家，今天要怎樣？能一起回去嗎？」
雖然這一星期放學都一起離校，不過那也只是昭告旁人彼此正在交往的表面功夫。因為姑且不論各自的回家時間不一樣的情況，明明同樣都沒參加社團卻不一起回家，這樣會有些不自然。
遙香的表情依然懊悔，但她吐出一口氣轉換心情。
「今天不行。我是球技大賽的執行委員，今天要參加會議。」
「那還真是辛苦妳了。如果妳別當執行委員，也就用不著留下來了嘛。」
「反正回家也沒什麼事，沒關係啊。況且我對運動不在行，如果要為班上有所貢獻，就只能當執行委員了。」

「什麼貢獻，講得還真誇張……球技大賽不過就是玩玩而已吧。」

「只是遊戲也無所謂啊。我想體驗充實的學生生活，所以我只是為此努力，懂嗎？」

「也就是想揮灑青春？」

「雖然這種講法令人有點害臊，不過八九不離十吧。」

「是喔～～那妳加油吧。」

「你講得好像事不關己，你呢？我看你自從退出棒球隊，幾乎整天無所事事嘛。話說，你到底為什麼要退出棒球隊？」

「這個嘛……就像是因為音樂性有出入而解散的樂團吧？類似那種理由。」

「莫名其妙。」

「莫名其妙也無所謂——喔，鐘響了啊，我們回教室吧。」

正樹撐起倚著圍籬的上半身，快步走進校舍。

遙香不滿地凝視著他的背影。

從學校回到家，正樹一如往常向在廚房裡的母親詢問晚餐的菜色後，走上二樓的房間。房間寬敞，但物品不多顯得空曠。正樹在房裡換上居家服時，突然注意到——

金屬盒。

裝著信件與明信片的金屬盒躺在書桌下方。

「對喔，從壁櫥拿出來就放著，忘記收了。」

正樹拿起金屬盒走向壁櫥，但一不小心讓金屬盒脫手摔落，盒蓋撞飛到一旁，內容物全撒在地上。正樹煩躁地咂嘴，一面咒罵自己不知道在發什麼呆，一面蹲下身撿起散落的信。

正樹撿起了那封信。

不久前的暑假，正樹大致瀏覽過所有信件，裡頭卻夾雜著一個他毫無印象的信封。

樣式可愛的粉紅色西式信封。

之前就有這玩意兒嗎？如果有，自己應該會注意到才對。

正樹感到納悶，定睛看向寄件人欄位。高尾晶。沒印象的名字。為什麼這會出現在我的盒子裡？信封上寫的確實是篠山家的住址，而且收件人是正樹。

信件內容如下——

給篠山正樹：

關於前陣子您寄到這裡的明信片，是不是寫錯地址了呢？

您的親戚並沒有住在我家，請您再次確認。

高尾晶

USYCHO

正樹歪著頭。
前陣子是多久前的事？寄錯到底是寄到哪裡去了？
雖然想檢查是多久之前收到的信，但也許是用剪刀開封的關係，西式信封的郵戳已經被裁掉，看不出日期。
正樹改為檢查寄件人的地址。
「啥？」
正樹不由得發出聲音。
寫在上頭的地址與奶奶家的完全相同。
首先，正樹在至今為止的人生中寄給奶奶的明信片就只有今年暑假那一張。換言之，寄到高尾晶這個人手上的明信片就是當時那張明信片。同時假設這位高尾晶所言屬實，暑假時寄給奶奶的那張明信片其實沒有送到奶奶手上。不過這不可能，正樹確定自己寫上了奶奶家的地址，事實上這封回信也是來自奶奶家的地址，但對方卻說正樹的奶奶並沒有住在那裡。
難道是自己記憶中的奶奶家的地址錯了嗎？
等等，不對啊。那又是為什麼——
到底是怎麼一回事？疑問在腦海中不斷打轉。
也許只是自己不曉得，這位高尾晶確實住在奶奶家，或者是為了照顧奶奶，時常到奶奶家幫忙的人。

比方說，附近的鄰居或是巡迴看護。

但如果真是這樣，您的親戚並沒有住在我家這句話就矛盾了。

果然是記錯奶奶家的住址了嗎？

疑問不斷湧現，不過總之先確認事實吧。

正樹來到一樓，向廚房裡的母親問道：

「媽，妳知道奶奶家的住址嗎？」

「為什麼要問這個啊？」

「沒什麼啦，暑假時我不是拿賀年卡當明信片寄出去嗎？那個好像沒寄到奶奶手上啊。我想說是不是因為奶奶搬到新家才會搞錯。」

奶奶為了方便上醫院，差不多在一年半前搬到醫院附近。

唯一的可能性就是自己記錯了那個新的地址。

「所以我想問一下，確定自己有沒有記錯。」

「是喔。呃，我記得是～～……」

母親說出的住址與正樹記憶中奶奶家的住址相符。

「那麼，奶奶家有沒有其他人一起住啊？」

「沒有吧。自從爺爺過世之後，奶奶就一直一個人生活啊。」

「我也記得是這樣。」

「對啊，就是這樣……怎麼了嗎？」

「沒事，沒什麼。」

如果奶奶真和某個連母親都不知道的人一起生活，那個人實在不太可能不把孫子寄來的明信片給奶奶看，還特地回寄一封說是地址搞錯的信就更難想像了。就算假設是有個頻繁到奶奶家的人，也一樣不可能。

那麼，這張明信片的寄件人究竟是誰，到底在想些什麼？

接踵而來的疑問為正樹帶來更深的困惑。

要解開這些謎題最快的方法，應該還是直接詢問奶奶吧。

正樹向母親問了奶奶家的電話，轉身要步出廚房。這時他突然想起，回過頭對母親說：

「啊，對了。媽，下次要是有寄給我的信，妳就直接放在桌上啦。妳自己把信塞進盒子裡，我哪知道有寄給我的信啊。還有喔，隨便打開我的盒子也太不注重隱私了吧。」

畢竟正樹是正值青春期的高中生，父母擅自進入自己房間，老實說令人不太舒服。不過光是進房間，正樹覺得還無所謂，不需要那樣堅持。然而金屬盒就完全是個人隱私了。裡面裝著朋友們過去的信，母親也不應該擅自打開。

正樹如此提出他的合理意見。當然他認為母親會同意。

然而母親卻一臉納悶。

「你在講什麼啊？你是說哪個盒子？」

「就是我用來裝信的那個鐵盒啊……」

「哦？原來你是這樣保管的啊。」

「呃，妳早就知道才會擅自把信放在裡面吧？」

「我說啊，我好歹也懂得尊重你的隱私。況且自從上次奶奶寄給你那封信之後，就沒再收到寄給你的信了啊，最近我也沒進你的房間。」

「真的假的？」

「我幹嘛騙你啊。真是的，淨說些莫名其妙的話……」

母親傻眼地嘆息，轉身繼續做晚餐。

那反應看起來不像在說謊。

母親真的不知道有那個金屬盒。

那麼究竟是誰把信放進金屬盒？

正樹懷抱著更多疑問，拿起家用電話的話筒，撥電話到奶奶家。鈴聲響了五次左右時，終於有人接起電話。

「啊，是奶奶嗎？我是正樹啦。」

奶奶一聽見正樹的名字，語氣間立刻浮現喜悅之情，肯定是因為許久沒聽見正樹的聲音了。幾分愧疚也因此浮現在正樹心頭。

不過現在有更重要的問題得解決。

然而，正樹也沒辦法立刻切入正題，便從閒話家常開始，假裝問候才是主要目的，大約跟奶奶閒聊了三分鐘左右才詢問正題。

「對了，我在八月時寄了封明信片，奶奶有收到嗎？」

首先得問清楚這件事。

奶奶的回答是「沒收到」。

果然是這樣啊。正樹心裡有料到會是這樣。

那麼就是下一個問題。

「哦，這樣啊……對了，奶奶現在都是一個人住？」

奶奶則反問：「是沒錯，怎麼了嗎？」

「沒有啦，因為久司也開始一個人生活了，我想說一個人生活不知道是怎樣，會不會寂寞呢？」

奶奶沒有懷疑正樹的藉口，回答：「雖然會寂寞，但是和附近鄰居處得很好，用不著擔心。」像是要讓正樹放心。

「是喔，那就好——啊，抱歉，我接下來有事要忙，我要掛斷了喔。掰掰。」

正樹放下話筒，滿臉疑惑地走回二樓自己的房間。然後他看著剛才一直放在桌上的那封信，百思不得其解而喃喃低吟。

高尾晶究竟是什麼人？

無論再怎麼思考，都只能得到「好像有哪裡不合理」的模糊結論。

但正樹覺得有某些事決定性地出錯了。

不知道那會造成什麼影響。

可是，有某些自己無法想像的事情正在發生。

正樹感覺到莫名的不安。

隔天早上。

正樹把書包塞進腳踏車的籃子，前往學校。但今天他沒有直接騎向高中，而是先前往離家不遠且恰巧與學校同方向的郵筒。

那正是暑假時用的那個在鳥居旁邊的郵筒。

正樹這麼想。

寄給奶奶的明信片送到了名為高尾晶的人手上。

那麼高尾晶究竟是什麼人？

寫著奶奶家地址的明信片會送到高尾晶手上又是為什麼？

昨晚為了解決這些疑問而打電話給奶奶，結果還是搞不懂原因。

那麼剩下的手段就只有一個。

就是與高尾晶建立交流。

抵達那個郵筒前，正樹從書包裡拿出一張明信片。那是母親之前給他的七年前的賀年卡，上頭已經寫好內容。

收件住址寫上奶奶家的地址。首先感謝對方特地回信告知，之後再加上希望能與高尾晶有所交流的請求，以及自己的手機郵件信箱。

正樹自己也覺得馬上就要求當筆友有些急躁，但在想早點解開這個謎團的心情催促下，正樹就省略了麻煩的過程。

當然這次也有可能正常寄到奶奶家，到時候就只能放棄解開這次的謎團了。然而也有可能再度寄到高尾晶手上，所以正樹決定在這個可能性上賭一把。

到了那個郵筒後，正樹將腳踏車停在郵筒旁，將明信片投進郵筒。

「嗯，這樣就可以了。」

接下來只要等對方回信即可，不過正樹還是不禁猜起結果。對方很可能根本不回信，也可能根本寄不到。不過現在只能賭賭看也是事實。

因此正樹祈求般對著郵筒雙手合十後，這才打算離開——就在這時，他感覺到一道視線而轉過頭。

鳥居。不知為何，感覺有視線從那裡直指著自己。

這時正樹突然回想起來。

以前和哥哥、由美一起去試膽時，問過曾住在這鎮上的爺爺：「那間廢棄神社到底是怎麼回事？」但爺爺給的回答是教訓他們「不要做試膽這種大不敬的事」以及一頓老拳。

當時的正樹不滿地覺得「用不著打人吧」，不過現在回想起來，或許爺爺的憤怒也有他的道理。

不管是誰，被當成試膽的材料都會不愉快吧，神明肯定也一樣。

「什麼神明啊……我在想什麼東西。」

又不是由美，這種怪力亂神也太愚蠢了。肯定是因為近來接連發生莫名其妙的事，讓思考開始變調了吧。

正樹搖搖頭否定那種想法，跳上腳踏車前往學校。

正樹進了教室後，一如往常趴在桌上。若是平常，他會一直趴到上課鐘響，但今天似乎也無法按照平常那樣。

「欸，正樹，可以借點時間嗎？」

井上叫起他。

「什麼事？」

「我有事想跟你討論，可以的話，想在沒有人的地方。」

「為什麼？」

「那個……因為不太想讓別人知道……」

正樹見那忸怩的態度，不禁嘆息並在心中暗叫「又來了」。

「好啦。那我們到走廊上吧。」

「不好意思啦。」

正樹來到走廊上，先是環顧四周確定附近沒有人在看自己後，催促井上開口。雖然他想商量的內容正樹心裡已經有底，不過他認為應該讓對方開口說明才對。

井上的視線尷尬地四處游移，最後下定決心開口。

「其實……我想向谷川同學告白。」

聽了這話，正樹心想「我就知道」，再度嘆息。

正樹與遙香開始交往的傳聞遍及全校之後已經過了一個多星期。惡意中傷正樹的謠言開始流傳的同時，另一方面，篠山正樹這個名字也成為奪得風間遙香芳心的勇者名號而傳遍全校。結果不斷有男學生來找正樹戀愛諮詢，令他百般困擾。

「我想問問正樹的意見。你覺得我和谷川同學有機會嗎？」

「這個嘛……」

到底關我什麼事？

不過正樹嚥下這句話，擺出認真思考的表情。

谷川是班上的女生，個性內斂也不習慣與男生相處，光是與男生交談就會緊張得有些不大對勁。

這下該怎麼回答才好？自己實際上沒有戀愛經驗，因此就算有人來討教，也不可能準備任何可能派上用場的回答，更別說對方是顯然鮮少與男生往來的谷川。不過這種話正樹當然說不出口。這樣一來，只提一些無關緊要的意見，讓對方自己判斷比較好吧。

「總之在告白之前先約會看看怎麼樣？」

「約會？那不是應該在告白之後嗎？」

「反了啦。總之先約出來玩，要是覺得聊得來才告白交往吧？」

「原來是這樣……不過目的是在約會時確認聊不聊得來吧？既然這樣，畢竟是同班，我平常和谷川同學算是有某種程度的交流，這種狀況下也一樣？」

「咦？是這樣喔？」

是這樣的話，你早點說啊。

無論如何，兩人也不算毫無交集吧。不過他說某種程度又是哪種程度啊？完全猜不透。必須從這一點開始。

「你平常和谷川同學都聊些什麼啊？」

「就上課的內容啊，還有功課之類的。」

「那不就和對待普通同學沒兩樣嗎？」

太過中規中矩，反而感覺不到可能性。

「也就是說，我沒被當成對象？」

「大概吧。總之你應該先改變她對你的認知。就這個角度來看，還是找她出去約會比較好吧？」

「是、是這樣喔？」

「大概吧。」

用大概這個字眼保留餘地，正樹也覺得自己滿狡猾的。

「我懂了。那我馬上就這樣試試看。謝啦。」

「嗯，你加油吧。」

井上就這麼滿意地回到教室。

正樹看著他的背影遠去，終於度過難關而鬆了口氣。

剛才的回答究竟正確與否他自己也不清楚，但至少成功蒙混過關了。正樹只希望這類戀愛諮詢別再有下一次了。

他這麼想著的同時，上課鐘聲迴響在校園內。

正樹回到教室，走向自己的座位。途中他不經意地看向遙香。

她擺著一如往常的笑容，一如往常地與同學們閒聊，和跟正樹開始目前的假交往之前完全相同。

不久後班導師走進教室，眾人起立向老師道早之後，本日的晨間導師時間開始了。

在這段時間內，正樹不著邊際地回想剛才的戀愛諮詢。

正樹這麼建議井上，但仔細一想，自己也沒有約會經驗。雖然只是假裝，不過目前也算是有女朋友。正樹畢竟是青春期的男生，當然也想體驗看看約會的感覺。若要問理由，正樹也答不上來。真要找個理由的話，和班上女生一起出遊不管對哪個男生而言都是種嚮往吧。

「……約會啊……」

正樹放眼看向窗外。

白雲在藍色天空悠悠飄動。

放學前的導師時間結束並互相道別後，班導馬上就離開了教室，學生們也跟著紛紛走出教室，無論是要去參加社團活動或回家都一樣。

正樹也揹起書包，來到遙香身旁問道：

「今天妳也要忙球技大賽的事？」

「你是說開會？沒有啊，剩下的事都在大賽當天了。」

「是喔。那就一起回去吧。」

「嗯。等一下喔。」

遙香將課本裝進書包。相較之下，正樹連鉛筆盒都留在學校不帶回去。

「那就走吧。」

遙香也準備好後，兩人便一起走出教室。來到鞋櫃處換鞋，前往腳踏車停車場，兩人各自牽出自己的腳踏車。

這時，正樹決定把今天早上浮現心頭的想法告訴遙香。

「喂，雖然我們像現在這樣正在交往……」

「我們沒有在交往，只是假裝而已吧？少說這種噁心的話。」

毒辣程度絲毫不減，不過正樹已經習慣了，也懶得每次都與她針鋒相對。

「差不多也過了一個多星期，我們一次也沒約會過。」

遙香聽了便露出一副厭煩的表情。

「咦咦咦～～……你想喔？」

「嗯～～算是想吧。」

「和我？」

「嗯。畢竟妳好歹還有外表可取嘛。」

「你倒是連外表都慘不忍睹啊。」

「順帶一提，如果頭髮剪到及肩就更好了。我喜歡的女星頭髮也差不多那麼長。」

「是喔？那我就得永遠留長髮啊。」

這女的還真是一點也不可愛。既然如此——

「……啊，是谷川同學耶。」

正樹朝著遙香的背後揮手打招呼。剎那間她的態度劇變。

「既然這樣，下次有機會我就配合正樹同學的喜好，考慮看看剪成短髮吧。」

「啊，抱歉，我看錯了。其實妳背後沒人。」

「正樹同學真是令人哭笑不得耶。你能不能明天就從屋頂上跳下來？我想很看看你像青蛙一樣平貼在地上喔。」

「看我的心情啦。對了，還有一點忘記告訴妳，我喜歡胸部大一點的喔。所以……嗯，遙香妳也加油啊，別放棄。」

「你講這話的時候是在看哪裡？話先說在前頭，我可不小喔。一點也不小喔。」

「啊哈哈。算了，玩笑話就先放一旁。」

「你剛才放到一旁去的玩笑話是指哪一句？喂，說清楚啊。」

「總之，為了裝得像一點，我覺得至少該約會一次吧？」

「你想轉移話題也轉得太硬了吧。算了，我就不計較了。不過，約會啊……」

遙香短暫露出思索的表情後無奈地嘆息，表示同意。

「確實從來沒約會過有些不自然。所以呢？你決定好要去什麼地方了嗎？既然你主動提起，應該已經有打算了吧？」

「沒有啊。到時候再決定要去哪裡不就好了？」

「你這男人真的很不中用耶。」

「因為我是在思考之前先行動的那種人啊。」
「然後行動卻失敗的那種人。」
儘管歷經一番脣槍舌戰，遙香還是同意約會。不過這時正樹突然想到，如果她其實有喜歡的對象，認為第一次約會要跟那個人一起，自己這樣是不是不太好？
「話說喔，妳該不會現在有喜歡的人？」
「你在講什麼？如果真的有，怎麼可能假裝和你交往？」
「是喔。那妳會不會覺得第一次約會應該要跟喜歡的人一起？」
如果她這麼想，那約會什麼的就當作沒這回事吧。
不過遙香卻傻眼地嘆息。
「既然你好歹懂這種體恤，對我的態度是不是應該先改一改啊？」
「妳才該早點改掉這種直白過頭的個性啦。」
「那可是我的優點。」
「同時也是缺點吧。」
「請你接受真實的我喔，正樹同學。」
她露出面對同學用的笑容，踩下腳踏車的踏板。
正樹只好追在她後頭。

兩人在夕陽下踏上歸途。騎出位於緩丘上的學校後，好一段路都是下坡。來到坡道底端可見車道橫在眼前，若要前往最近的車站就得右轉，住在鎮上的學生就往左，大致可分成這兩個方向。兩人左轉前往住宅區，途中幾乎沒有民房，只有空曠的農田平鋪在眼前。空氣澄澈清新，每次深呼吸就覺得氧氣彷彿直接從肺部傳遍全身般洗去疲憊。

就在這時，遙香接著剛才的話題繼續說：

「剛才你講的那件事啊，雖然我現在沒有喜歡的對象，但有過在意的人，也許該算是憧憬的對象吧。」

原本悠哉地騎在她後方的正樹提高速度來到她身旁與她並行。

「是喔～那是誰啊？同班的？」

「不是，年紀比我們大。其實我沒實際見過那個人。」

「見都沒見過卻覺得憧憬喔？聽起來好奇怪。啊，該不會是電視上的名人之類的？」

「不是啦，就只是一般人，大概吧。況且那也是很久以前的事了。只是那個人的生活好像很快樂，讓我有些好奇。」

「哦～完全聽不懂。話說那個人叫什麼名字？」

這時遙香瞇起眼露出批評般的眼神瞥向正樹，隨後一語不發，突然開始提升腳踏車的速度。正樹無法理解那莫名其妙的行動，也只能使勁踩著踏板追上去。

「喂！剛才那個眼神是什麼意思啦！話說妳幹嘛突然加速啊！」

「啊～～受不了，煩死了！看著你真的會讓人很煩躁啊！」

「什麼意思啦！根本莫名其妙！」

「就叫你不要吵啦！不要跟在我後面！」

「跟在妳後面？我家也在這個方向啊！」

「那你就晚點再回家！」

「妳別鬧喔！」

田園風景染上夕陽的橘紅。

兩道人影奔馳在當中。

兩人的怒罵聲沒有其他人聽見，就這麼隨風而逝。

回家後，正樹躺在自己的房間看著電視。

就算想做功課，課本和筆記全都放在學校，也無從做起。想看漫畫殺時間，不過家裡的漫畫早已看到膩了。正樹只好躺在榻榻米上看電視，但也沒什麼挑起他興趣的節目。

「啊～～超無聊的……」

沒事做。不參加社團活動簡直閒得發慌。還是說只有自己會這樣？大家都會用功讀書有效活用時間嗎？或者是交男女朋友出遊約會？

「真是教人羨慕得不得了啊～～」

正樹懷著怨懟如此喃喃自語，在榻榻米上毫無意義地翻來覆去，一不小心撞上壁櫥。他注視著壁櫥好半晌，這才回想起自己面對的異常狀況而挺起身。

高尾晶寄來的信件。

那封信到底為什麼會放在自己的金屬盒裡？

正樹打開壁櫥拿出那個裝信的金屬盒，打開盒蓋。

正樹這麼做並不是因為期待著什麼，他並沒有期待高尾晶的回信已經寄來，也不認為現在就能解開裝在金屬盒裡的謎團。

但是當他檢查盒內時，不由得眉頭深鎖。

高尾晶的西式信封混在其他信與賀年卡當中，收在盒內。光是這樣並沒有什麼問題，但不知為何高尾晶的西式信封上綁了一圈橡皮筋。橡皮筋是用來統整來自同一寄件人的信件，所以高尾晶那僅只一封的信應該不需要。正樹如此想著拿到手上一看，橡皮筋綁著兩個西式信封。

「奇怪？為什麼？」

正樹拿下橡皮筋，先檢查第一封的內容。那與昨天發現的高尾晶的信件內容相同。那麼另外一封是誰寄的？正樹這麼想著，定睛看向寄件人欄位，上頭清楚寫著高尾晶的名字。

「咦？」

高尾晶已經又寄了新的信來？

如果真是這樣，為什麼會已經收在金屬盒中？而且還用橡皮筋分類好了。

正樹納悶地緊揪眉頭，決定先看過內容再說。

上頭寫著沒辦法寄送電子郵件到正樹的手機，也答應了維持信件往來，之後則是提出數個疑問想了解篠山正樹這個人。

那毫無疑問是今天早上正樹寄出的那封信的回信。

換言之，對方已經答應成為筆友。

但是正樹感到的並非喜悅，而是更強烈的疑問。

「這是怎麼搞的？」

平常來說，正樹也許會感嘆對方迅速的回應，但有兩個問題。

一：信件再度自動收在金屬盒中。

二：回信未免來得太快了。

從第一點來看，這和昨天的疑問相同。

究竟是誰在什麼時候把這封信放進金屬盒的？

從正樹出門上學一直到放學回家，應該只有母親在家。哥哥已經離家住在外頭，父親則是去上班。如此一來，用消去法就能得到答案，但是看母親昨天的反應，不太可能是她。那麼又會是誰呢？

雖然再度面對這個疑問，但還有一個連這疑問都顯得瑣碎的更大的問題。

那就是另外一點。

回信未免太快了。

正樹今天早上才寄出明信片，明信片要寄到對方手上最快也要到明天吧，但是今天都還沒過就收到回信了。

事情發展至此，湧現心頭的已經不只是疑問，甚至還有恐懼。

莫名其妙。

沒一件事能搞懂。

唯一確定的只有一點：如果不繼續與高尾晶交流，這疑問就無法解決。

正樹只知道這一點。

那麼該怎麼做？

常識無法理解的對象。

與這種對象繼續信件往來真的沒問題嗎？

儘管心中懷有疑慮，但在好奇心的誘惑下，正樹還是選擇繼續保持交流。

若要維持與高尾晶之間的聯繫，只能繼續信件往來。既然如此，就這麼做吧。

正樹拿起一張七年前的賀年卡，開始寫上回信的內容。

自己主要的個人資訊。十七歲；就讀家鄉的高中；興趣是看棒球比賽；專長是何處都能入睡。除此之外，雖然不曉得必要與否，回想起與遙香之間的對話，覺得這些也乾脆寫上，便寫了自己喜歡的女星等等。

不過，退出棒球隊這些可能會給對方負面印象的部分就盡可能避免提及，因為必要的只是維持聯繫而已。

「好了，這樣就可以了……大概吧。」

如果是真正有交往經驗的人，這種時候肯定能寫得得心應手吧。

那讓正樹有些羨慕。

隔天早上。

正樹今天也沒有直接去學校，和昨天相同首先前往那個郵筒。抵達後從書包拿出昨天寫好的新明信片，再度檢查內容後寄出。隨後再騎腳踏車上學。

上學途中，一輛腳踏車從後方追上正樹，與正樹並行。正樹好奇地轉頭一看，發現那個人是由美。

「早安。像這樣早上就碰面感覺還真稀奇耶。」

「這是當然的吧。暑假前有棒球隊的晨間訓練，一大早就出門了啊。」

「啊，對喔對喔……那現在要怎樣？一起去？」

「哪有什麼要不要一起，不是要去同一個高中嗎？」

「嗯。不過正樹現在有女朋友了嘛，不太好啦。」

「這種事用不著操心啦。」

因為遙香絕對不會介意的。

「總之，不要再問女朋友的事了，很難回答。」

不是因為害臊，而是實際上沒在交往。無論問什麼正樹也答不上來，每次回答都覺得自己在說謊。

「哎呀呀，原來你不想聊女朋友。既然這樣……」

一路上由美不斷提供話題，不過全是正樹沒興趣的內容。有些是難以置信的傳說故事，有的則是無憑無據的坊間傳聞，荒誕無稽的故事一個接一個從她口中說出。從這傾向來看，她喜歡的並不限於靈異故事，而是有想像餘地的故事吧。不過假使真是這樣，剛才她拋出「吃炸雞有益豐胸」當作話題又是怎樣？

「我原本也覺得那是迷信啦，不過真假好像還很難說喔。」

「啊，是喔。」

「哎呀呀，這個話題也沒興趣？」

「沒有呢。」

「正樹比想像中更挑剔啊。嗯～那就轉個方向……這麼挑剔的正樹和女朋友相處得好嗎？」

「轉回原點了！」

青梅竹馬臉上掛著頑童般的笑容。看來她似乎是在耍自己玩，既然如此，自己也沒必要認真回答。這種時候能輕易選擇忽視這個選項，跟青梅竹馬相處就是這麼輕鬆。這時正樹突然想起——

「對了，妳覺得約會應該去哪裡？」

這種時候由美就派得上用場了。不只是因為熟識而容易啟齒，也因為她對超自然感興趣，對占卜自然也相當熱衷，平常就有看女性雜誌的習慣。聽說那類女性雜誌總會刊載約會地點之類的資訊。

「這個嘛，要告訴你也不是不行……話說你是要和風間學姊一起去？」

「妳明知故問吧。」

由美老樣子滿臉賊笑，不過她還是告訴正樹某一本雜誌曾做過初次約會的問卷，上面就列舉了初次約會去的地點。

正樹充滿興趣地聽她解釋，腦海中開始想著如果要和遙香一起出遊，究竟要去哪裡比較好。但是途中正樹突然察覺不管去哪裡，最終都會抵達互相叫罵的情境，屆時就根本算不上什麼約會了。

「……不對，那樣反倒比較自然吧。」

和遙香甜甜蜜蜜一起出遊的情景感覺很突兀，沒有現實感。從這層意義來說，也算是能正確預料到結果了吧。

至於這應該教人開心還是難過，正樹也不曉得。

一走進教室，正樹立刻察覺異狀。

遙香的長髮剪成了及肩的短髮。

「呃、欸、咦？為什麼？」

該不會是昨天自己說喜歡長度到肩膀的髮型，她才特地去剪了頭髮？如果真是這樣，雖然並非真正的情侶，正樹還是不禁暗自欣喜，同時也感到一抹歉疚——如果她並非自願改成這個髮型。

為了盡早解決出現在眼前的疑問，正樹不管她身旁圍繞著其他同學，單刀直入問道：

「妳為什麼把頭髮剪了？」

「……咦？」

「咦什麼咦，該不會是因為我說過我喜歡短髮？」

遙香愣住了，歪著頭反問：

「什麼？正樹同學喜歡短髮嗎？」

「妳在講什麼，昨天不是提過嗎？我說我喜歡遙香現在這種長度……」

「啊，是喔？那就好。」

「不是好不好的問題，妳昨天還是長髮吧？」

遙香聽了便露出苦笑。她身旁的同學也面面相覷，聳了聳肩彷彿無法理解正樹的疑問。

「那個，正樹同學，我從以前就一直是這個髮型啊……」

「這怎麼可能，妳昨天明明還是長頭髮啊。」

「啊哈哈，又在說奇怪的話——不好意思喔。」

遙香向身旁的同學如此說完，拉著正樹的手臂來到沒人的樓梯間，壓低聲音問道：

「你到底想怎樣？」

「也沒有想怎樣，就我剛才說的那樣啊。」

「拜託，你說的根本不可能啊。況且你覺得我會配合你的喜好特地換髮型嗎？」

「沒有，完全不覺得。」

「那不就對了？自戀也要有點分寸，更別說你的魅力不過就蛆的等級罷了。」

「嘴巴還是一樣毒啊……那妳是從什麼時候開始就是這個髮型啦？」

「從國小開始。」

「這麼久以前？」

但正樹不可能這樣就接受，回到教室抓著同學確認：遙香之前是長髮吧？但對方的回答是看著病人般的眼神。

「你在說什麼？雖然長頭髮應該也很合適啦，但風間同學的髮型從進高中開始就一直是那樣啊。」

「這怎麼可能……」

「你覺得我騙人就去問大家啊。」

如此一來，正樹也無法退縮，就這麼一個接一個找同學質問。然而答案千篇一律，都是「一直都是那個長度」。

「怎麼可能……」

同學們聯手起來想騙我。

雖然正樹這麼想過，但找其他班級的學生問到的答案也相同。

到了這個地步，正樹再怎麼遲鈍也明白了。

又來了。就像風間遙香突然出現的那次，現在也只有我一個人不知道有這回事。

這現象究竟是怎麼搞的？

身旁的眾人到底是怎麼了？

不對，或者是自己的記憶失常了？

出問題的不是旁人，純粹只是自己記錯了？

再怎麼想也拿不出明確的答案。正樹沒辦法，只能接受現況，在找到解決的線索前先配合周遭的認知。幸好目前對私生活沒有多大的影響。真要說有什麼影響，大概就是與遙香假裝交往，但正樹也覺得自己滿享受現在的生活。回想起來，自己第一次與遙香接觸時驚聲尖叫的反應，怎麼看都不正常，在眾人眼裡也是如此。既然沒有實質的害處，靜觀其變才是上策。再怎麼慌張失措，事態也不會改變，況且正樹也不曉得能讓一切恢復正常的手段。

所以自己應該冷靜應對。

這就是正樹得到的結論。

午休。

平常正樹會和對谷川有意思的井上一起吃午餐，畢竟在午休時間熱鬧嘈雜的教室裡，一個人默默用餐實在不好受。

正樹將便當吃到剩下最後三成的時候，井上提起了遙香。

「你正在和風間同學交往對吧？」

井上這麼問道。畢竟事情早已傳遍全校，也沒必要現在再度確認吧——雖然正樹心中這麼想，還是點頭回答：

「嗯，算是吧。」

「為什麼聽起來不太確定啊……話說，有女朋友是什麼感覺？」

「……」

自己真的有資格回答這個問題嗎？因為這種疑問總是會浮現心頭，讓正樹不喜歡和人聊女朋友之類的話題。

正樹嚼著滿口的飯菜，緩緩思考，充分想過之後才吞下口中食物。

「現在還不曉得，要再過一段時間吧。」

不置可否的回答。

正樹無法回答有女朋友真的很棒，但也無法給予負面的評語。

「是喔……其實我今天放學後想約約看谷川同學，約她這週六或週日一起出去玩。」

「哦～很不錯啊。」

「不過我有個問題啊。那個……要約去哪裡比較好？」

「一般來說不就電影院或水族館之類的？」

正樹還記得由美今天早上提過，這些地點是初次約會的熱門場所。

「可是喔，要是谷川同學沒興趣該怎麼辦？」

「如果約去你喜歡的地方，她卻沒興趣，那就算真的交往也不會持久吧。」

「你很冷淡耶。拿出誠意幫一下我好不好。」

關我什麼事啊。話雖如此，就這麼放著他不管也滿可憐的。

「啊～～真拿你沒辦法。你在這邊等一下。」

正樹放下筷子，走向遙香的位子。她正與時常處在一塊的小圈子談天說笑一邊用餐。用筷子夾起便當盒裡的炸雞，一臉滿足地送進口中。但是察覺正樹靠近後，旁邊同學們的笑鬧聲剎那間止息。見到同學們的反應，遙香也轉頭看向正樹。正樹確定了谷川就在遙香身旁那群女學生之中，便對遙香問道：

「不好意思打擾妳吃午餐喔。雖然有點唐突，我想問一下，約會的話妳想去哪裡？」

下一刻，周遭同學一陣騷動。畢竟是以風間遙香為中心的集團，似乎對她的一舉一動都有興趣。

不過現在正樹不理會她們，只是靜靜等待遙香回答。

「嗯～～……去哪裡都可以。只要是正樹同學喜歡的地方就好。」

「是喔。」

畢竟是在同學們面前，她的反應不出所料。

不過現在正樹想要的不是遙香的回答……

他轉頭看向谷川。

「可以給我一點意見當作參考嗎？谷川同學妳會想要什麼樣的約會？」

大概是沒想到話鋒會轉向自己，谷川神情慌張地思考。即使如此，正樹仍耐心等待，最後她小聲回答：

「呃，就一般那樣……」

「也就是不需要什麼太特別的行程？」

「啊，嗯。就像大家一樣去電影院或水族館，有時候帶著便當去野餐之類的，那樣就好了。」

「哦。」

野餐啊，這字眼聽起來還滿可愛的。

「是喔，謝啦。」

正樹道謝後回到自己的座位，坐下拿起筷子的同時向井上報告剛才谷川的意見。

「——就這樣。她喜歡那種約會，這樣夠你參考了吧？」

正樹夾起便當盒中的飯菜並詢問感想，只見井上愣愣地看著他。

「幹嘛？」

「……沒什麼，只是覺得正樹還真厲害。」

「什麼厲害？」

「誰會像你那樣問啦。該怎麼說，問這種事好像會被認為很沒用啊……話說你都不覺得害臊？」

「為什麼？」

「去問女生約會要去哪裡，我會覺得很丟臉耶。」

「是這樣嗎？」

「就是這樣啊……你講話真的沒在看場合耶，也不知道算優點還缺點。」

「喂，你講得很難聽耶。」

「哎呀，不過我還是很感謝你啦……這就先不管了，你剛才說的那個帶便當去野餐，會不會是谷川同學親手做便當啊？」

「誰曉得。聽她那樣講應該是吧？不過就算不是也沒差啊。」

「有差好不好，谷川同學親手做的便當耶，當然想嚐嚐看啊。」

「……我開始覺得你有點噁心了。」

「為什麼啦，如果正樹正在吃的那個便當是風間同學親手做的，你也覺得沒差？」

「如果我媽做的便當其實是遙香親手做的……？」

正樹試著想像，但腦海中無法構築那個情景。遙香為了男友提早起床站在廚房，光是從這個起點就覺得難以想像了。儘管如此，正樹還是盡力想像遙香站在廚房的情景。她應該會先做好出門準備才開始做菜，那麼她應該會穿上圍裙。不過在這之後的情景還是無法想像，頂多只能想像她把冷凍食品放進微波爐的模樣。那樣也算是「親手做的便當」嗎？

話雖如此，正因為難以想像，反倒激起了正樹的好奇心。

她到底會做什麼樣的便當呢？

就這個角度而言，正樹確實對遙香的便當懷有期待。

放學後的回家路上。

正樹像平常那樣與遙香一起騎腳踏車離校時，提起了料理當作閒聊話題。

「對了，妳會做菜嗎？」

遙香以回應閒聊的無所謂的語氣回答：

「只是好奇。妳想嘛，谷川同學中午不是說她想帶便當去野餐嗎？妳不會做便當嗎？」

「問這個要幹嘛啊？」

「不會，平常都是我媽做的。」

「我想也是。我也無法想像妳站在廚房做菜的樣子。」

「聽你這個人講話真的很不愉快耶。為了我的名譽，我話先說在前頭，我當然懂做菜，不過永遠不會有請你吃的一天。」

「我是你男友耶。你想想看嘛，為男朋友做便當的女生不是很有溫柔婉約的感覺嗎？啊，不過和這形容詞扯不上關係的風間遙香同學大概辦不到吧。不好意思喔。」

「你說什麼？」

不輸地痞流氓的凶狠表情。

正樹感覺到繼續多說可能招致危險，便隨口說了剛才想到的藉口。

「妳想嘛，為了保持交往中的表象，試著做一次看看如何？」

得到的答案是至今從未感受過的冰冷視線。

「懶得理你了。話說，今天中午找我問約會什麼的是怎樣？」

「噢，那個喔……」

正樹一時之間啞口無言。

說出真相就等於說出井上心儀的對象。這樣的話，為了友情，正樹決定無論遙香怎麼逼問都要保密。

遙香不理會正樹的決心，不等他回答就說：

「你該不會真的想和我約會？」

「為什麼這樣問？」

「雖然我自己也不想這樣講，不過畢竟我這種個性……」

隱約感覺到有幾分消沉。

與平常的她截然不同的態度，讓正樹忍不住大笑。

「啊哈哈哈哈！看來遙香同學對自己的個性之差也有自覺嘛！」

「人、人家正認真想和你說，你這傢伙……算了！閃一邊去！」

「你叫我閃一邊去，可是回家路在同一個方向啊。」

「那你就停在原地等我先離開不就好了！」

「不要。因為妳的反應很好玩啊。」

「……你真是爛人。」

「哎呀呀，您不中意人家的個性？」
「誰會中意啊。」
「不過，遙香這種心裡想什麼嘴巴就說什麼的個性，我滿喜歡的喔。」
「啥——啥！」
瞬間遙香張大了嘴一動也不動，她的腳踏車沒多久便自然停下。正樹超越遙香後停車，轉頭看向她。她依然停在原地啞口無言，但臉龐很快就泛起紅暈——
「你、你白痴啊！」
她撂下這句話，使勁踩著踏板飛也似的向前衝。
那模樣讓正樹開心地大笑，緊追在她後頭。
「喂！妳幹嘛臉紅啦！」
「啥！只是夕陽讓你看錯而已吧！」
「是喔？我覺得剛才明明就沒這麼紅啊！」
「煩死了！你這個人真的有夠煩！」
一如往常的斥罵聲從前方拋過來，但現在連這樣的話語都令正樹不由得挑起嘴角。
少年的歡笑聲一直持續到與少女分頭的岔路。

正樹一回到家就先問母親是否有收到信或明信片，得知今天沒收到任何郵件後，走向自己的房間。正樹換上居家服，立刻打開壁櫥，拿出金屬盒掀開盒蓋。

「……有了。」

就如同正樹的預料，高尾晶寄來的新信件已經放在金屬盒中，而且和之前那兩封用橡皮筋綑在一起。

現在正樹已經不再思考「究竟是誰、在何時、怎麼辦到」。

雖然難以置信，這肯定是某種超乎常理的現象，應該視作某種超越人類所能理解的特別力量的運作結果。實際上，究竟誰能憑著科學理論去解釋這種現象？

如此一來，最讓人好奇的就是高尾晶這號人物了。

這次的信紙上記載了些許線索。

或許是正樹告訴對方自己的資料，對方也提供了相應的資訊。

高尾晶，性別為女性；喜歡的食物是炸雞；大部分的動物都喜歡。雖然沒有寫明年齡或目前的學校，但信中寫著她的喜好與討厭的事物，最後則以「請告訴我你那邊的生活」這句話作結。

讀完這封信，還有許多不明瞭的部分，但高尾晶至今模糊不清的輪廓似乎逐漸在腦海中成形。

正樹坐在書桌前提起筆，馬上就動筆回信。

首先按照對方的要求寫上自己的日常生活，再加上朋友井上的戀愛諮詢，以及如果交了女朋友想吃看看親手做的便當等話題。正樹考慮到只要像這樣自己先起頭，對方也比較容易順著話題回應。

「嗯，差不多就這樣吧。」

正樹寫完便將明信片放進書包，走向一樓的客廳。

隔天早晨。

在篠山家，遲到是偶然再加上偶然才會發生。因為不只父母，正樹自己也會設定鬧鐘再睡覺，就算其中一人沒聽到鬧鐘響而睡過頭，總會有人準時醒來。

但是這一天，那樣的偶然發生了。

正樹緩緩撐起身子，發現鬧鐘指針指著比平常晚的時間。

大概是看錯吧。應該是自己睡昏頭了吧。

揉了揉眼睛，再度定睛看向鬧鐘。但是時鐘指針並非指著正樹認為的位置。

「……咦？不會吧……」

正樹瞬間從被窩跳起來，連忙換上制服後衝向一樓，打開父母的房門，果不其然父母都還在被窩裡。正樹大喊：「要遲到了！」父母也匆忙起床，然後看向時鐘，立刻開始準備。正樹和父親在洗臉台爭相洗臉、刷牙、整理頭髮。母親做好讓父親出門上班的準備後將零錢遞給正樹，要他自己解決午餐。正樹點點頭衝出家門，跨上腳踏車朝著學校奔馳。

但正樹在途中放慢了速度。

寫給高尾晶的回信要在何時寄出？放學後？或是明天？

正樹原本猶豫不決，但看過手機畫面上顯示的時間後便立刻做出決定。現在的時間已經免不了遲到。既然這樣，就按照慣例在上學前寄出吧。

正樹的個性是得出結論後便不再猶豫。

於是正樹今天也在那個郵筒寄出明信片後才上學。

當天午休。

正樹不理會拿今天早上的遲到當話哏的同學，想去餐廳。

「正樹同學。」

遙香叫住了他。

遙香平常除了向眾人表演交往中的事實，不會主動向他搭話，也公開宣稱午休時間要和朋友度過，當作不跟正樹一起的理由。

也因此，當遙香找上正樹，就讓他有種受到突襲的感覺。

但真正的突襲還在後頭。

「幹嘛？」

「那個，我今天也為正樹同學做了便當，一起吃吧。」

小巧可愛的便當盒遞到面前。

正樹皺起眉頭。

為什麼遙香會做便當拿來學校？正樹還清楚記得昨天放學時兩人聊到便當，也提過遙香的廚藝，但從來沒講到做便當來學校的事。

況且——

「呃，抱歉。『今天也』是什麼意思？」

「啊哈哈，你在說什麼啊？自從開始交往不就都是我做便當帶來嗎？我們約好了吧？」

「啥？這種事怎麼……」

怎麼可能。在這句話說出口前，正樹突然察覺。

同學們正將嫉妒與憧憬混合而成的視線投向他，但沒有人對這狀況感到驚訝。

這究竟是怎麼回事？

如果風間遙香為了誰特地做便當來學校，班上應該會有更大的反應吧。但完全沒這種跡象，反倒還有幾分「又來了啊」的習以為常。

「……該不會是真的？」

「咦，什麼真的？」

「我們之間真的有這種約定？」

「啊哈哈，又在開這種玩笑。明明就有啊，在開始交往後不久的時候，你忘了嗎？」

「沒有，我確定沒跟妳約定過……」

「有啊。對吧？」

下一瞬間，帶著笑容的遙香眼神變得銳利。

少廢話，給我點頭就對了——她的表情彷彿這麼說著。

「嗯，聽妳這麼說，確實是這樣沒錯。」

「對吧？別再開這種玩笑了，我會嚇到。那我們走吧？」

「去哪？」

「人少的地方……像是屋頂？」

進入十月後，夏日的炎熱已經完全消退，洋溢著秋意的風涼爽地吹拂。

在受到秋風影響最大的屋頂上，已經有幾個小團體在吃飯了。彼此似乎有不成文的默契，保持一定的距離。

正樹與遙香也效仿眾人在隔著一段距離的位置坐下。

「這個拿去。」

遙香粗魯地把她帶來給正樹的便當塞向他，然後打開自己的便當，雙手合十後逕自開始吃飯。

因為遙香從沒對正樹擺過好臉色，事到如今，正樹對這樣的態度也沒什麼特別的感覺了，只是無法理解她為什麼會為自己做便當。

如此詢問後，遙香一如往常地嘆息說：

「我剛才不是說過了嗎？開始交往的時候就這樣約好了啊。」

「為什麼？」

「為什麼？……不就是為了表現我們是男女朋友嗎？你以為有這之外的理由嗎？」

「沒有。說的也對，除此之外也沒有其他理由……」

雖然嘴上這麼說，但正樹的表情依舊凝重，彷彿有口難言或心中無法接受的表情。

為此感到納悶的遙香問道：

「你是怎麼了？一副五味雜陳的表情。」

「其實，我真的不記得之前有和妳立下那種約定。」

「也是。人家說雞走三步就會把記憶丟光，腦袋只有毛蟲程度的你怎麼可能記得呢。」

「不是啦，我不是在開玩笑。最近時常發生啊，有些事我明明不記得，其他人卻都知道。我是不是該去給醫生看看？」

這陣子不時發生這類記憶的欠缺。一開始只覺得「反正對生活沒太大影響」，但像這樣連續發生，正樹也沒辦法再樂觀下去。

「這麼怕就去看醫生啊。順便問一下，你那個症狀是從什麼時候開始的？」

這問題究竟是出自擔憂或者只是想閒聊？

從她現在的表情來看，正樹覺得大概是後者吧。

「這個嘛，我記得是在……」

回溯記憶，尋找自己發現記憶有所缺漏的瞬間。

最近的是與遙香約好要請她做便當。

再來則是遙香的頭髮打從一開始就是這個長度。

最後是遙香存在於此這件事本身。

這時正樹驚覺。

錯不了。

這一切都圍繞著風間遙香。

正樹察覺這一點，瞪大雙眼看向她，她不快地皺起眉頭。

「你看什麼看啊？有話想說就說啊。」

「呃，沒有啦，那個……」

「幹嘛啦，說清楚啊。」

「該怎麼說才好啊……這個嘛，回想起覺得記憶有缺漏的部分後，發現每件事都是以妳為中心……」

「啥？你想說我是原因？」

「也不是說原因啦，只是……」

「你該不會想說是我消除你的記憶？」

「也不至於有這種想法啦……」

「廢話，這種超能力怎麼可能存在嘛。雖然我對科幻類小說還算有點興趣，但我也不會希望這種事在現實生活中發生……啊，好像也不錯。」

「好像也不錯？」

「因為感覺就很好玩啊。」

「我本人可一點也不覺得好玩！」

「總之，如果我真的有消除別人記憶的能力，我直接消除你得知我的個性這件事的記憶不就好了？」

「啊，說的也是……」

的確有道理。

從她的角度來看，直接把自己真正的個性穿幫這件事當作沒發生，就不需要大費周章假裝跟正樹交往。

聽她這麼解釋，就覺得自己剛才的想法愚蠢到家。

不過這麼一來，記憶的缺漏究竟原因何在？

正樹試著動腦，還是想不出像樣的解釋。

「哎，用你不中用的大腦再怎麼想也沒意義，乾脆別想得那麼複雜吧。」

「什麼？我的腦袋哪裡不中用了？」

「就是你那顆淪落到要接受暑修的腦袋啊，明白嗎？」

「唔唔唔，無法否定的學業成績真教人憤恨。」

遙香不理會不甘心地咬牙切齒的正樹，拿起筷子繼續用餐。夾起炸雞，心滿意足地咀嚼，吞下後對表情依舊凝重的正樹說：

「你就別想太多，先吃午餐吧。這可是我特地早起做的。」
「妳做的？」
「當然啊。幹嘛一副不可置信的表情？」
「因為妳居然會做菜……啊，我懂了。一定是冷凍食品，沒錯吧？」
「你真的很失禮耶。像這樣挑釁我，到底是想怎樣？雖然確實是用了些冷凍食品……不過，煎蛋卷和炸雞可是我自己做的，其中炸雞可是我昨天晚上就事先做好的。」
「煎蛋卷還能理解，居然連炸雞都特地親手做……不過為什麼只有炸雞？」
「因為我喜歡。」
「啊，是喔……」
肯定沒什麼特別的理由吧。不過昨天由美說的「炸雞有豐胸效果」自腦海一角浮現，讓正樹自然而然猜測遙香喜歡吃炸雞該不會背後藏著這個理由。
對了，高尾晶回信時也寫自己喜歡吃炸雞。莫非在追求豐胸效果的女孩之間，炸雞正形成一股祕密熱潮吧。
「幹嘛啊，一直盯著人家看。我剛才也講過了，有話想說就直說。」
就算她這麼說，正樹也沒辦法坦承豐胸等等的幻想。
「沒有啦，只是那個……只是在想妳為什麼會想做便當。」

「不就說了，因為約好了啊。」

「不是這個問題，反正是兩人獨處時的約定吧，根本沒必要遵守啊。」

「我說，你以為我會打破自己提出的約定？我又不是你。」

「啊，是妳主動提出的喔？」

「是又怎樣？」

「沒有啦，沒事。不過有件事我想說清楚，我可沒有故意打破約定過。」

「但是會忘記吧。」

「這、這個嘛……總之，那為什麼妳要跟我這樣約定啊？」

「因為做便當比較像女朋友。」

她的意思是在她的認知中，女友就該為男友做便當，所以她才特地早起做菜嗎？

「那還真是辛苦妳了。」

「你是在耍我吧？」

「小的不敢。」

「況且男生不都這樣嗎？能吃到女朋友做的便當不開心嗎？」

「因人而異吧？順帶一提，我會開心喔。像現在我就滿開心的。」

「再說一次，我不是為了你，只是為了讓周遭的人認為我們是男女朋友才會這麼做，在那之中沒有任何多餘的感情。」

「妳講得這麼絕，我也會有點受傷耶。」

「那你何不變成被虐狂？這樣一來，我的每句話都會成為獎賞啊。」

「噢，說的也是。」

「不過我會覺得很噁心就是了。」

「噢，是喔？」

「所以你也可以向我鄭重表示謝意喔。」

「好啦好啦，真的非常謝謝妳……嘖！」

昨天為什麼會說自己喜歡這種個性啊？

正樹想要一個機會。

真心誠意想收回當時的那句話。

放學後，回到自家的正樹直奔自己的房間，也沒換衣服就先打開壁櫥，取出金屬盒掀開來。來自高尾晶的新的回信果不其然出現了。正樹坐在書桌前的椅子上，開始看內容。

自從退出棒球隊之後，這已經成了正樹在放學後少數的樂趣。

高尾晶的回信幾乎都是對正樹的明信片內容的感想，以及其他問題。

看來高尾晶的個性不會主動談論自己，又或者只是不想講吧。

無論是哪種，總之相當難纏。

雖然想得到與高尾晶相關的個人資訊，但在這狀況下什麼也無法取得吧。自己必須更主動引誘對方說出來，為此得對高尾晶提出問題。

既然如此，要不要像問卷那樣列舉一連串的疑問？不行，那樣顯得太過急躁了吧。最重要的還是維持彼此之間的交流。

不過，維持這樣平淡的關係還要從對方口中得到資訊的方法……

正樹背靠著椅背，抬頭仰望天花板陷入沉思。

想了解一個身分不明的對象，遠比想像中困難。

況且在至今為止的人生中，正樹從未對他人懷抱這種程度的好奇心。不對，也許有吧。之前調查風間遙香的時候，心境大概很類似。那傢伙究竟是誰？為了得知這個答案，向許多人探問。

但是結果只是發現了遙香平常隱藏的本性，為什麼她會突然出現在學校，以及周遭旁人為何理所當然般接納她的存在，終究是個謎。

而唯有一件事很肯定。
無論風間遙香或高尾晶，她們肯定都與某種超乎常識的要素有關聯。
「問題就是那個超乎常識的要素到底是什麼啊……」
正樹拿起高尾晶寄來的信，愣愣地看著。妳到底是什麼人？對著信紙如此說出問題。理所當然沒有任何回應。與身分不明的對象維持筆友關係──寄出明信片並收到信件這個行為持續下去，有朝一日就能揭開真相嗎？
「謎樣的人物和超自然現象啊。這種事由美應該會有興趣吧……」
如此喃喃自語後，正樹突然想到。
面對超乎常識的狀況，從現實的觀點去思考不可能得到結論。既然如此，是不是應該換個角度？
由美應該能幫上忙。
既然她格外喜愛荒誕無稽的傳說，也許能為正樹提示不受常識侷限的可能性。
雖然正樹也覺得這相當愚蠢，但現在的狀況循著常識的邏輯已經無法釐清了。
擇日不如撞日，正樹撐起身子拿出手機。
大概在撥號聲響了二十秒左右後，電話接通了。
『喂？』

「由美？妳現在人在哪裡？」
『在傳說研究會的社辦啊，有事？』
「呃，那個，該怎麼說……」
雖然電話接通了，但正樹還沒想到該怎麼向她開口。
正樹思考了半晌，決定兜個圈子敘述自己的現況。
「我記得妳喜歡超自然現象之類的東西吧？」
『喜歡歸喜歡，但我也不是完全相信喔。有點類似一種興趣而已。』
「是喔。總之，我有些事想問妳。舉個例子來說，有一天突然出現一個陌生人，理所當然般受到旁人接納，或者是突然有信從不合理的地址寄到你的手上。有沒有哪些傳聞中提到這種奇怪的現象？」
正樹解釋的同時，有自己正在講蠢話的自覺。
由美肯定也會納悶地反問：你到底在說什麼？
然而，從她口中竄出的卻是正樹從未預料的反應。
『該不會到現在才發生了什麼事！』
「……等等，妳這話是什麼意思？」
由美充滿期待的語氣與話語，清楚說明了她並非毫無頭緒。

『咦？啊，其實也沒什麼啦。』

顯然想敷衍了事的反應。

「妳有事瞞著我吧？」

『呃～～啊哈哈……』

「妳不說的話，我會生氣喔。」

於是由美放棄抵抗開始說道：

『我在傳說研究會讀的書中，剛好就提到了這個城鎮的有趣傳說。聽說用這個鎮上某處的郵筒寄出信件，就會發生不可思議的神奇現象。而且那個郵筒好像就是圓筒型那個。』

「也就是說，暑假時妳和我提到那個郵筒是為了實驗？妳把我當作實驗品了？」

『……你是不是生氣了？』

「也沒有。」

雖然被當作實驗品的確讓正樹不怎麼舒服，但就算由美當初說清楚，自己大概也會嗤之以鼻不當一回事，照樣使用那個郵筒吧。

所以正樹不打算責怪由美。

更重要的是——

「那妳把那個傳說仔細講給我聽。」

『咦？為什麼？該不會真的發生了什麼事？』

「沒有啦，不是妳想的那樣，總之告訴我就對了。」

『嗯，你這麼想知道的話，是可以告訴你啦……雖然我也想這樣說，但剛才我說的就已經是我知道的全部了。』

「啥？等一下，不可思議的神奇現象詳細內容呢？」

『很遺憾，我也不曉得。』

「妳既然是傳說研究會就好好調查啊。那不就是你們研究會的活動嗎？」

『傳說研究會的活動內容的確是調查那類的傳說，但正樹你也知道我們只是沒有強制性的同好會。再說，成天無所事事的人沒資格講我們。』

「唔唔……」

無從反駁。既然這樣就只能自己調查了吧。

就在正樹這麼想的瞬間。

『不過既然你好像想知道，需要我幫忙嗎？』

「咦？妳願意幫喔？」

『我沒說不行啊，反正閒著也是閒著。不過我有一個條件。』

正樹詢問條件為何，心中認定反正也不會是多困難的條件。因為從小就認識由美，她可能提出的要求程度在哪，正樹心裡大致有底。

但是——

『你不用說你為什麼想知道傳說內容，但要告訴我退出棒球隊的理由。』

「……」

『我真的搞不懂啊，為什麼堅持不告訴我？如果你有你的理由，那就告訴我嘛。還是有什麼不能說的原因？』

由美一針見血的問題令正樹頓時陷入沉默。那是現在正樹最不願意觸碰的話題，光是回想就讓憤怒與焦躁在胸口開始翻騰，所以正樹只想忘掉，盡可能早點忘記那群傢伙。

因此——

就在這時，一樓傳來母親的呼喚聲。正樹吃了一驚，從房門探出頭詢問母親。母親說她有東西忘了買，想要正樹幫忙跑腿。正樹回答母親後，向電話另一頭的由美說自己接下來有事要忙，切斷了通話。

「呼……就先去買吧。」

正樹為了轉換心情吐出一口氣，走出家門去買東西。

正義感強的爺爺是正樹心中的憧憬。年老但依舊挺直的背脊，話少而充滿威嚴的氛圍，看起來十分帥氣。

爺爺一直在遠處守候孫子的成長。每當孫子犯了錯便立刻扯開嗓門斥責，揮拳教訓。

但是正樹從未因此害怕爺爺，反而在心中懷抱著一股敬意。原因在於爺爺十分受到周邊居民的信賴。一旦發生爭執，總是能出面仲裁，轉瞬間便平息紛爭。那樣的身影烙印在正樹的眼底，不知不覺間便將爺爺視作自己的目標。

所以在年幼時每當發現有孩童遭到排擠，正樹便會主動伸出援手。每當有誰在背地裡說人壞話，正樹也會委婉予以勸阻。

旁人也都接納正樹這樣的行為。

但是隨著年齡增長，周遭的反應也跟著改變了。

對於被排擠的人視若無睹才是「大人的態度」，辦不到的人就成了「不懂得看氣氛」而遭到鄙視。

正樹也感受到那樣的氛圍，不再像年幼時那樣只憑著正義感行動。

儘管如此，在高中棒球隊目睹的情景，讓他無法按捺。

但是——

◇

球技大賽舉辦日隨時間逐漸靠近，在某一天的早晨。

來到學校後，正樹將腳踏車停在停車場，從棒球隊正努力投注於晨間鍛鍊的操場旁走過，緩步前往校舍。

棒球隊練習時的吆喝聲與金屬球棒擊中白球的聲音在校內迴盪。眼熟的晨間情景。像這樣一大早就辛苦練習，一到大賽卻總是老早就被淘汰，一想到這裡，正樹不由得懷疑那樣汗流浹背究竟有多少價值。不過，那就是年輕吧。為這忽視效率的行為掛上青春二字就化作潔白的稱號。

「青春還真是逃避現實啊。」

正樹譏諷般喃喃自語時，突然有人叫住他。轉頭一看，穿著棒球隊制服的吉留就站在不遠處。

「早啊，正樹。」
「早啊。」
吉留露出體恤般的笑容。在正樹還在棒球隊時從沒見過他臉上冒出那種表情，看來正樹一退隊他就學會了。
「幹嘛？」
「沒有啦，只是想打個招呼而已。」
「哦～～是喔。」
正樹冷淡回答後，吉留便尷尬地閉上嘴。雖然正樹也知道他心中大概累積了不少想說的話，但他似乎沒有勇氣向正樹吐露。
不過正樹也不打算主動詢問。人該對受苦的對象伸出援手，這條道德準則只適用在小孩子身上。而教導正樹這件事的，正是眼前的吉留與棒球隊的隊員們。
「對了，球技大賽當天也有訓練？」
正樹拋出突然浮現腦海的問題後，吉留立刻回答：
「啊、嗯。球技大賽結束後好像也是照常進行。」
「是喔？大賽應該就夠累人了吧。總之你們加油。就這樣啦。」
「那個，你球技大賽是參加哪一項？」

明明不是真正想說的話，吉留還是試著延長交談時間。
因為這一點再明顯不過，讓正樹煩躁地吐出一口氣。
「……壘球。」
「壘球？你要參加壘球？」
「嗯……」
剎那間，吉留臉上浮現雀躍的喜色。
「所以你沒有討厭棒球吧。」
「你在講什麼？不管以前或現在，我都喜歡棒球啊。」
「既然這樣……那個，正樹，如果你還想打棒球，隨時都可以……」
「吉留，這些話你就省了吧。」
「呃……」
「我不會回棒球隊的。」
吉留一直欲言又止的真正用意就是邀請正樹回到棒球隊吧。但正樹沒有這種想法，他已經與棒球隊沒有任何瓜葛。
「就這樣。那明天的球技大賽請手下留情啊。」
「啊，正樹……」

正樹不理會他的挽留，邁開步伐離去。胸口對包含吉留在內的棒球隊隊員們的憤怒正在翻騰。

與吉留分開後來到教室附近，正樹困惑地皺起眉頭。因為由美站在教室前。不知為何她的表情因為不安而緊繃。搞不清楚原因的正樹先開口問道：

「怎麼了啊，由美，找我有事喔？」

她在這個班上只認識正樹。既然如此，一大早來這裡等人，目標必然就是正樹。而正樹的猜測似乎八九不離十。

由美一注意到正樹，視線便尷尬地四處游移。那模樣像是有話想說卻又難以啟齒。因此正樹再度問她為何會過來，催促她把話說出口。這時由美似乎終於下定決心，突然對著正樹低頭。

「正樹，昨天不好意思。我也知道你不想說，卻用交換條件當理由想逼你告訴我。」

「……啥？」

正樹半張著嘴。由美戰戰兢兢地抬起臉。

「因為你昨天那時候很生氣吧？」

「沒有啊。」

「你騙人。因為一講到棒球隊，你就把電話掛斷了啊。」
「那是因為我媽叫我幫忙去買東西啊。我昨天不是說了？」
「我不信。因為時間點太湊巧了嘛。」
「妳疑心病真重耶。不然放學回家後順便到我家，去找我媽確認啊。」
「……所以你真的沒生氣？」
正樹點頭回應後，由美放鬆了僵硬的肩膀，深深吐氣。看來她似乎相當不安。正樹為此感到幾分歉疚，他從沒想過當時的應對會為她帶來這麼沉重的壓力。
「話說回來，妳來道歉的時間點也太早了吧。」
「因為吵架一直拖下去沒有任何好處啊。既然這樣，早點道歉不是比較好？」
「原來如此，妳很成熟耶。老實說我還滿敬佩的。」
「啊哈哈，你這樣誇獎，我會害羞啦——啊，對了。」
不知想起了什麼，由美從書包拿出一張紙，遞給正樹。
「這個算是賠罪。我昨天講的那個傳說的細節。」
「啥？妳才過一個晚上就已經調查好了喔？」
「嗯。話是這樣說，不過我只是跑去問我家爺爺而已。他也不知道不可思議的現象是指什麼，但他知道有傳說這回事。」

「這麼巧喔。謝啦，幫上大忙了。」

「不會啦，不用客氣——那我先走了喔。」

目送由美的背影遠離之後，正樹也走到自己的座位。不理會前來搭話的同學，看向剛才從由美手上接過的紙張。上頭以由美的筆跡寫著有關傳說的報告。

文中簡述，過去在這塊土地上曾有產土神鎮守。所謂的產土神，就是守護這塊土地的神明，但在某一天出現了與其他神社合祭的計畫。不滿的當地居民不想把產土神交給其他神社，便動手破壞了神社。這個行為觸怒了產土神，在那之後，這個鎮上便開始發生不可思議的現象。

「……是這樣啊。」

正樹凝視著那張報告，喃喃說道。

如果相信那個傳說，先不管神明的憤怒，只要不去使用那個郵筒就不會再被捲進不可思議的「現象」。

不過疑點依然存在。

為什麼使用那個郵筒就會引發這一連串的「現象」？

而這一連串的「現象」是否有共通點？

正樹回憶自己過去寄出的明信片。

於是一個疑點——一種可能性浮現腦海。

寫給奶奶報告近況的明信片，說自己正享受著青春，不久後打算交個女朋友，隨後風間遙香便現身了。

寫給高尾晶的自我介紹，文中提到正樹喜歡的女星，寄出那張明信片之後，風間遙香的髮型變得和那個女星一樣。

為了營造話題，提到女朋友做的便當後，風間遙香帶了親手做的便當來學校。

如此列舉後，自己寫在明信片上的願望彷彿一一實現了。

這樣的話，難道風間遙香就如同神明般實現了篠山正樹的心願？不，不可能。怎麼可能有嘴巴那麼毒的神明。

既然這樣，投進那個郵筒的明信片會寄到神明的手上，這個可能性如何？如果這個說法正確，那麼高尾晶就是那個神明吧。

等等，話說傳說中的神明不是大為光火嗎？

「……不管是哪種，也太扯了。」

正樹也不禁覺得自己的想法太離譜了。不過如果真有某種東西在現實中引發這一連串「現象」，那恐怕真的是等同於神的存在吧。而且正樹的心願全都實現，認為真的有神明存在也算自然吧。

無論真相如何，似乎有必要更深入研究這件事。為此只能繼續與高尾晶書信往來，藉此確定真相。

確定心願是不是真的會實現。

回到家後，正樹直接走進自己房間，立刻打開金屬盒。裡頭沒有出現高尾晶寄來的新回信。果然是因為正樹也還沒寄出新的回信吧。不過這種事已經無所謂了，有更重要的問題。使用那個郵筒寄出的明信片上寫著的內容，真的會在現實中實現嗎？一定要嘗試看看，一定要實驗看看。正樹拿出七年前的賀年卡。

那麼應該寫什麼樣的內容才好？

盡可能簡單易懂的內容會比較好吧。但是應該避免可能使現況產生巨變的願望。一旦發生太過巨大的變化，也許自己的精神會無法接受，況且這種「現象」也不一定毫無風險，無法完全否定之後將為此付出代價的可能性。

將這些問題列入考量後，正樹決定了內容……

正樹一如往常寫下要寄給高尾晶的文章，一寫完就衝出家門前往那個老舊的郵筒。

站在老舊郵筒前方，正樹注視著自己手中的紙片。

實驗用的明信片，內容寫著如果交到女朋友，想一起上下學。

如果心願會遵照明信片上的內容實現，如果真的會演變成預想中的結果，也許明天早上就會和遙香一起上學。

至今為止雖然放學時和她一起離校，但從沒有一起上學過。倘若心願成真，應該就能證明郵筒的效力。

不過這畢竟只是實驗，有可能不會演變成預料中的結果，另一方面，當然也有可能心願成真。

因此一股難以言喻的感覺充滿正樹的心頭。期待與不安交織的感情，令正樹有幾分躊躇。不過他告訴自己非常有姑且一試的價值，說服自己忘卻不安的心，這才鬆開夾著明信片的指尖，將之投進郵筒。

「……好了，回家吧。」

究竟會不會與遙香一起上學，又或者是演變成超乎預料的狀況？等到明天就會揭曉，所以現在也只能等待。

正樹騎上腳踏車，踏上歸途。

半路上，看見在遠處即將落入山稜線的夕陽，突然想起。

現在這時候，棒球隊大概還在練習吧。

回想起來，還在棒球隊的時候總是一直練習到操場的照明點亮，結束後鞭策著疲憊不堪的身軀，騎車奔馳在一片昏暗的回家路上。

相較之下，現在回家時間早了許多。回到家後左思右想又寫了信，但現在也還不到路上一片黑的時間。

這就是生活的變化吧。

但人總會漸漸習慣變化，這才是正常的反應。所以篠山正樹也逐漸習慣不參加社團活動的日常生活。非得如此不可。

然而周遭的人卻不放棄挖掘已經過去的往事。

像是母親和由美，還有吉留，以及——

路旁的便利超商，眼熟的二人組聚在店門前。在正樹眼中是一點也不願打照面的對象。正樹原本打算裝作沒看見速速通過，但就在經過店門口的時候——

「喂，篠山。」

既然被對方叫住了，正樹也只好停下腳踏車，暗自咂嘴，邁步靠近那二人組。麻煩死了。在心中抱怨的這句話化作不悅的表情掛在臉上。

「學長，有事嗎？我現在正要回家。」

這二人組是在夏天的大賽淘汰後引退的三年級生。兩人的制服穿得凌亂，正樹走近後隨即嗅到香菸的味道。

「你還是老樣子一點敬意都沒有啊，話說見到學長該先問好吧？」

「……學長好。」

「好什麼好啊，你退隊之後連這種基本的禮儀都忘了喔？要不要我乾脆幫你從頭教育一下啊？」

「這就不用了。我也已經不是棒球隊的了。」

「之前是棒球隊的不就算是了嗎？」

「之前就是之前而已……那個，沒其他事了吧？」

「你這傢伙還真冷淡耶。話說你在退隊之前也老是頂撞我們嘛。」

「如果兩位學長行為正常，我也沒必要沒事就頂撞你們就是了。」

譏諷般的言語讓兩個三年級生頓時垮下臉。但兩人立刻像是想起什麼，表情轉為冷笑。

那表情讓正樹異常不愉快，他打算直接掉頭就走。

「先等等啊。好久沒像這樣聚在一起了，再多聊一下嘛。好嘛？」

「有什麼話好說的嗎？」

「態度別這麼差嘛。對了，你和吉留關係還好吧？有和好了嗎？」

「我沒有和吉留吵架。」

「哈哈哈，是喔？那真是不好意思。不過你看起來滿有精神的，真是太好了啊。我們可是在關心你喔。因為你……呵呵呵，在棒球隊根本沒朋友嘛。啊哈哈哈！」

下一瞬間，三年級生張大了嘴發出洪亮的笑聲。

「然後你還像逃跑一樣退隊，會不會太好笑啊！啊哈哈哈！」

笑聲刺激著正樹的情緒，憤怒在胸口急遽沸騰。但這時理性告訴正樹，與這種傢伙正面起衝突也沒有任何意義。所以正樹只是咬緊牙根，轉身背對三年級生。

「既然學長好像沒其他事，我就先走了。」

「哈哈哈，你不回嘴了喔？」

「有什麼需要反駁的嗎？」

「啊～～這種態度喔……唉，原本以為你只是態度差，這下居然變得無趣了啊。好了好了，你可以滾了。真無聊。」

得到三年級生的許可，正樹再度踏上歸途。但是三年級生粗鄙的笑聲不斷在腦海中迴響，累積的怒意在胸口逐漸高漲，彷彿排水溝的淤泥。他在進自己房間的同時爆發了。

「混帳東西！」

一腳踢飛擱在地板上的書包。一次又一次，一次又一次發洩憤怒。

為什麼我一定要被那種人羞辱？難道我做錯了什麼？犯錯的明明是他們吧？那為什麼他

們笑得那麼開心，而我卻得品嘗這種悲慘的心情？這太奇怪了吧？

無論是那表情或是那笑聲，都讓正樹氣憤得難以忍受。光是回想起來，心臟彷彿就變成火爐般，將帶著憤怒的熾熱血液輸向全身。

於是沸騰的激動思緒失去了控制。

這種不合理絕對無法接受，要徹底破壞才行。要消除萬惡的根源。

因為現在正樹握有手段——

正樹拿出七年前的賀年卡，快筆寫下詛咒剛才那兩人死的文字。灌注了所有憎恨奮筆疾書。活該，這樣你們就完蛋了。

但在正樹重新看過自己寫下的句子後，突然恢復了理智。

自己正在做什麼？心裡想著什麼？

「我是白痴啊……要是真做了這種事，另一個世界的爺爺會罵死我的。」

正義感那樣強的爺爺肯定會先揮出硬如石塊的拳頭，然後怒髮衝冠露出有如地獄惡鬼的表情斥責自己吧。

正樹將賀年卡揉成一團扔進垃圾桶後，平躺在榻榻米上。

總之實驗用的賀年卡已經寄出了，接下來只要等實驗的結果就好。也許心願會實現，也許會收到高尾晶的回信。只有確認這一點才能證明自己的猜測正確，所以今天已經沒有其他事要忙了。

剩下的問題只有在能確認的時候到來前，該怎麼打發時間吧。

正樹這麼想著，打開電視，依序轉過各個頻道卻沒瞥見任何能挑起興趣的節目。吐出不出所料的嘆息，這下真的閒得發慌了，正樹沒來由地將視線投向窗外，突然轉身走向壁櫥拿出金屬盒。

回信再怎麼快也應該還沒到吧。儘管心中這麼想，但是想盡快確認結果的心情讓正樹掀開了盒蓋。

而正樹期待的事物已經在裡面，就和過去一樣以橡皮筋整理成一疊。

高尾晶寄來的新回信。

「不會吧……這也快得太誇張了。」

儘管這麼想著，正樹還是趕忙閱讀信中內容。

內容不是過去那樣的感想或問題，比較像是徵求意見。

一言以蔽之，是關於個性。

高尾晶似乎對自己差勁的個性有所自覺，無法融入周遭。也因此陷入別說是戀人，就連朋友也沒有的慘況。若要打破當下的事態，是不是只有改變自己的個性一途？又或者應該表現出配合周遭的模樣才對？

她似乎懷著這樣的煩惱。

這種時候，究竟該怎麼回答才是正確解答呢？從文字上來看，她似乎相當認真地煩惱這件事。然而就算想給她一個確切的回答，篠山正樹也不是什麼值得讚賞的人。畢竟剛剛才在激動的驅策下寫下希望別人死去的文字，因此正樹也沒有自信能對她的問題做出回答。

思考了好半晌後，正樹最後在回信中寫下維持真正的自己就好。

自己在棒球隊也有意識到要表現出真實的自己，與周遭處得還算順利，所以肯定也會有人能接受真正的妳。

寫下這樣的內容，正樹不由得苦笑。

「……這怎麼可能嘛。」

無論是往好或壞的方向，正樹覺得能貫徹自己個性的人相當難得，因為那代表確切而頑強的自我。

然而超過限度的個性將招致孤立。

就像高尾晶也認為自己的個性不好，別說是戀人，就連朋友也沒有。

說穿了這才是現實，不配合旁人就會遭受迫害。如果真的為她好，應該要告訴她該配合旁人吧。

儘管正樹這麼想，但他還是沒有修改信件的內容。

如同剛才所說，正樹不覺得自己這樣的人有資格對人說教，這確實也是其中一個原因。但更重要的是，正樹還是希望自己能成為一個能堅持自己的人，所以不想修改信件內容。貫徹自己的意見，也得到旁人的接納。

也許正樹只是想親眼看看那種人是否存在。

隔天早上。

正樹將回覆的明信片放進書包，走向一樓的客廳。在已經擺在桌上的早餐前坐下，開始用餐。坐在對面的父親正看著電視，正樹的視線也跟著飄向電視螢幕。螢幕中在播報氣象預報，今天日本列島全面晴天，但是在南方海域產生的大型颱風正逐漸逼近日本。得知這消息的正樹第一個念頭是，如果學校能放颱風假就好了。但是對搭車通勤的父親而言，颱風似乎是個重大問題，平常總是埋頭吃飯的父親停下筷子凝視著電視。

正樹沒特別注意父親，繼續用餐。吃完的時候抬起眼看向時鐘。現在時間大概是平常出門時間的十分鐘前。正樹看著電視，心裡想差不多該準備出門了。這時母親說道：

「你還在悠哉什麼啊？」

「哪有？不是和平常一樣嗎？」
「人家差不多要來接你了啊。」
「誰啊？」
「你還沒睡醒啊？這還用問嗎？」
母親正要接著說下去的時候，門鈴響了。
一大清早就有客人啊。
正樹不大在意地這麼想著的時候，母親拋下一句「你看，人家都來了，你也快點去準備」便走向玄關。正樹在心中嘀咕著那個人家到底是誰，但下一瞬間腦袋立刻驚醒。
昨天寄出的實驗用明信片。該不會結果已經……
正樹連忙快步走向玄關，心跳越來越快。正樹也分不清楚那究竟是因為興奮還是不安。但無論如何，正樹想立刻確認結果。非親眼確認不可。母親站在玄關處那位訪客的面前，似乎正在與對方閒聊。母親擋在眼前讓正樹看不清訪客，所以他伸長了脖子快步靠近。
遙香戴著微笑的面具，站在玄關大門前。
「早安，正樹同學。」
正樹則是吃驚得連一句早安都答不出來。
該不會願望真的實現了？

當然正樹也考慮過願望真的實現的可能性，懷抱著幾分期待，但是心中還是有否定的想法：世界上不可能有這麼方便的道具，假設真的存在也不可能到自己手上。

但是遙香確實在上學時間出現在眼前了。

見正樹一語不發，母親拍了拍兒子的腦袋。

「人家都道早了，你是不會打招呼喔──風間小姐，不好意思啊，我家兒子沒教好。」

「不，怎麼會呢……」

「正樹，媽媽就回客廳去了。不要聊太久遲到嘍。」

「怎麼可能啊？」

母親說完便走回客廳，但她的嘴角揚起賊笑般的曲線。顯然別有用意的笑容。母親在想什麼，正樹大概也能猜到。

在母親離開視線範圍後，正樹轉身正色面對遙香。

「我可以問一件事嗎？」

「可以是可以，怎樣？」

遙香的笑容頓時剝落，浮現只讓正樹看到的不悅神情。但正樹一點也不在意，現在重要的是搞清楚真相。

「妳為什麼跑來？」

「你沒頭沒腦是在講什麼？以前就一直一起上下學啊。」
「為什麼？」
「為什麼……？因為要假裝是情侶啊。你以為有這之外的理由嗎？」
果然是這樣啊。
完全符合預期的結果。
這下也許該真正相信傳說的真實性了吧。
「……你在偷笑什麼？」
「咦？我有喔？」
「有啊。噁心死了。」
正樹斂起不知不覺間露出的笑容。但是得知能實現心願的機制就在自己的掌握中，會不由得眉開眼笑也是人之常情吧。
「喂，你還在發什麼呆啊？快點啊，我可不想因為等你結果上學遲到。」
「啊，不好意思。」
正樹連忙回到屋裡做好出門準備，胸口洋溢著喜悅。
早上與女朋友一起上學。

正樹也覺得這確實是洋溢著青春氣息的情境。

也許是因為心中的想法引導話題方向，不知不覺間兩人開始討論起約會。

「你之前不是說要約會嗎？差不多該決定好地點了吧？」

「還沒啊。」

正樹的回答讓騎著腳踏車並行的遙香板起了臉。那像是在批評正樹：為什麼你沒先想好啊？但正樹也以訝異的表情回應：

「等等，話說約會計畫這種東西真的需要嗎？」

「當然要啊。一個男人有沒有本事就是從這種地方看得出來。」

「咦咦咦～～約會不就看當時的心情嗎？雖然我沒經驗，但是就去當下想去的地方，吃當時想吃的東西。這樣就夠了吧？」

「……你的暑假作業一定是直到最後幾天才開始寫吧？」

「哦，對啊。每次都是在暑假結束前。真虧妳猜得到。」

「當然猜得到。你白痴啊？」

「我是不是白痴就先放一旁，那妳有什麼想去的地方？」

「沒有。真要說的話，安靜的地方。」

「安靜的地方……比方說？」

「墓園。」

「您的興趣還真是特別。」

「是啊，我很想找機會埋了正樹同學。」

「遙香同學，日本現在沒有土葬，都是火葬喔。」

「啊，我差點忘了。不好意思。那就把正樹同學理想中的火葬方式告訴我，之後我會找機會實踐的。」

「啊哈哈，遙香真體恤男朋友啊。」

「對吧？」

「啊哈哈哈哈哈。」

「啊哈哈哈哈哈哈。」

兩人僵著臉大笑。

就在這時，正樹停下了腳踏車。

「不好意思，我有地方得先去一趟。」

「是哪裡啊？」

「從這個岔路再過去一點點有個郵筒，我要去寄東西。」

正樹指著通往雜木林的小路。

遙香先看向那條小路，又看向手錶確認時間。現在還有空檔。
「好吧。我們走吧。」
「咦？妳不用跟來也沒關係啊。」
「反正之後還是得一起出現在學校，就一起去吧。」
「啊，是喔。」
該說是遵守諾言，又或者該說是不怕麻煩呢？正樹這麼想著，與她一起騎在小路上，沒多久就看到那個郵筒一如往常佇立在路旁。
「這個現在還能用嗎？」
見到郵筒後遙香劈頭就這麼問。
「沒問題。應該真的有寄到才對。」
「應該是什麼意思啊？為什麼好像不太確定啊。」
「因為我也有很多疑問啊。」
應該真的有寄出去吧。只是那個筆友的真正身分依舊不明。再加上回信總是不知不覺間出現在金屬盒內，有太多事無法解釋。
遙香對正樹那模稜兩可的反應感到納悶，但沒有進一步追問。大概是沒興趣吧。這個當下她那份冷漠反倒教正樹感謝。

「算了，反正和我無關。總而言之，不管你是要寄給誰，動作快一點。雖然還有一段時間才打鐘，但我很討厭浪費時間。」

「這位大小姐還真是整天都在抱怨耶。」

「你說什麼？」

「好了，趕緊寄出後上學去吧。」

感覺到猛禽般銳利的視線直刺在背上，正樹拿出明信片投入郵筒。

這次明信片的文中提到了棒球隊，而且是自己能展現原本的個性，同時也受到周遭接受的狀態。

如果這個郵筒真能為正樹實現願望，環繞篠山正樹周遭的環境應該也會順著正樹的想法改變吧。

如此一來，許多麻煩的問題就能一口氣全部解決。

無論是吉留或棒球隊的問題，全都能得到解決。

「好了，那我們走吧。」

明信片已經寄出，該趕往學校了。

正樹這麼想著轉頭看向遙香，卻沒見到她的身影。彷彿打從一開始就沒有人站在正樹身後般，突然間消失無蹤了。

「咦？遙香？」

正樹環顧周遭。

沒看到人。

也沒看到腳踏車。

「咦？咦？遙香？去哪了？」

扯開嗓門呼喊，也沒有回應。只有一陣風掃過身旁，搖晃著雜木林。那沙沙聲彷彿正樹心中的不安。

究竟發生了什麼事？

面對這無法理解的狀況，正樹好一段時間動彈不得呆站在原地。

遙香究竟去哪了？

儘管感到疑惑但終究還是得上學，正樹騎車來到了學校。一走進教室立刻看向遙香的座位。她坐在座位上。剛才正樹心中正因為她該不會真的消失無蹤而不安，但看來只是杞人憂天。什麼嘛，白擔心了。正樹一面這麼想著一面走向她的座位打算問她剛才的事。為什麼會突然找不到人？剛才到底發生了什麼事？

但在途中正樹便察覺異狀。

遙香的周遭沒有平常圍繞在她身旁的那群人。不只如此，平常在同班同學面前總是笑臉迎人的她，現在不知為何板著臉用手撐著臉頰。

怎麼了嗎？和誰吵架了嗎？

正樹來到遙香面前，刻意以一如往常的語調開口。她因為爭執而心情低落的話，自己裝作毫不知情應該比較好。

「喂，妳突然不見讓我找了一段時間啊。」

遙香煩躁地瞥了正樹一眼，立刻就挪開視線。

「幹嘛不理人啊。妳該不會在生氣吧？喂喂，該生氣的是我吧？」

「我說你啊——」

充滿壓迫感的語調。那是她絕對不讓同學們聽見的聲音。

然後她對有些被震懾住的正樹撂下話：

「煩死人了，閃遠一點。」

「……」

「耳朵聽不見？你站在我面前讓我覺得很煩。」

「……妳是什麼意思？」

不久前才害人擔心，現在這態度不對吧？

「妳很莫名其妙耶。明明上學的時候一起來，是妳途中突然不見人影啊。妳要跟我道歉就算了，為什麼一見面就想吵架？」

「你才莫名其妙。你說誰和誰一起上學？」

「我和妳。」

「怎麼可能，誰要跟你一起上學啊？」

「什麼？之前不是說好要一起上學嗎？」

「我不是說我聽不懂你在講什麼嗎……噁心死了。」

「什麼——妳說噁心？」

雖然正樹平常就習慣遭遙香的毒舌伺候，但正樹總是當成遙香風格的玩笑話而不當一回事。但這次是她有錯在先，再加上那露骨地展現敵意的態度。

正樹這下子也氣憤得不想再多說，咂嘴後逕自回到自己的座位。

坐到椅子上，前些日子帶著漫畫雜誌來找正樹聊寫真女星的那個同學走近正樹。

「你居然會想和風間搭話啊。」

平常那個同學總會用風間同學來稱呼遙香，但這次省去了稱謂。這雖然讓正樹感到幾分不對勁，但他還是發洩對遙香的不滿般回答：

「有什麼奇怪的？雖然不曉得是怎樣，她現在好像不太開心就是了。」

「你在講什麼啊。風間從入學開始就是這樣吧？不管誰找她講話都一副不爽的樣子，結果到最後沒人要理她，總之就是個孤單的傢伙。」

「啥？」

他在說些什麼？

風間遙香在同學們的認知中不是一個打從入學以來就和善待人的模範生嗎？像那樣把不悅全寫在臉上的傢伙，怎麼可能成為校內的人氣女王。

正樹這麼說完，同學先是噗哧一笑，但很快就轉變成響徹整個教室的大笑聲。其他同學們聽見也紛紛將視線投向兩人。

但當事人渾然不覺，只是繼續對話。

「正樹，你就算碰了釘子也別這樣諷刺人家嘛。雖然是很好笑沒錯啦。」

「我才想問你到底是怎樣。你之前不也說她高不可攀嗎？」

「高不可攀？啊哈哈哈哈！確實我是沒那本事跟她交往啦，不過我也有選擇的權利吧？話說，你該不會想跟風間湊一對吧？對喔，所以你剛才才會講什麼一起上學的？」

「呃，什麼想湊一對啊？我們已經在交往了啊。」

「……咦？」

一瞬間，空氣靜止了。

教室中陷入一片死寂，彷彿就連空氣的流動也跟著靜止了。

然而，下一瞬間。

整間教室哄堂大笑。

是什麼時候的事啊！

居然找上風間，興趣真特別耶！

到底是真的還假的？

無數的驚呼聲在教室內此起彼落，引發一陣騷動。

置身於混亂的中心處，正樹卻完全無法理解當下狀況。

話說所有人應該都知道我正和她交往才對，就算那不是真的。但為何大家會這麼驚訝？而且傳到耳邊的話語幾乎都帶著譏諷又是怎麼回事？嘲笑的對象是誰？之前班上同學得知兩人開始交往時，正樹雖然曾遭人嫉妒，但也不曾受到嘲笑。

這差異是怎麼回事？

為什麼大家都不知道我們的關係？

為什麼反應會差異這麼大？

等等，難道這也是明信片投進那郵筒造成的「現象」？

可是正樹從未懷抱這種希望。

那究竟是為什麼會演變成這樣？

正樹萬分困惑。腦海中一片混亂，思考理不出頭緒。這時突然發現周遭的騷動止息，正樹納悶地抬起臉掃視四周，看見所有人都注視著遙香。她默默站起身，不理會集中在自己身上的視線，走向正樹。她的眼神燃燒著正樹從未見過的憤怒。她來到正樹面前，二話不說就高舉起手——

啪的響亮聲響在寂靜的教室中迴盪。

被甩了一巴掌。

正樹按著左臉頰，愣愣地看著眼前的少女。

遙香咬緊了牙，顫抖的她過了好半晌終於張開嘴發出聲音。

「差勁透頂。」

目睹這瞬間她的表情，正樹覺得胸口比發燙的臉頰更痛。

體育課的時候。

男生在操場上踢足球。按照平常的授課流程，一開始先練習傳球等等，之後比賽。

正樹與井上一組，一面閒聊一面互相傳球。

「話說回來，今天早上那個巴掌還真響的啊。」

聽見井上這句話，正樹也只能苦笑。

被打的臉頰早已經不再發紅，痛楚也已經完全消失。但是被打的感觸以及壓在心頭的陰霾依舊揮之不去。

「不過那次真的算正樹不好。也許你只是被她那張嘴氣得想報復，但是那種正在交往的謊話太超過了啦……」

「那個喔，嗯，也是啦……」

風間遙香。在班上孤立的少女。當然了，篠山正樹與她幾乎沒有交流，更別說是交往。看來這就是這次回信造成的變化結果，隨便否認只會讓自己在班上的立場惡化。那麼乾脆就接受當下的事實比較好。

正樹現在更在意的是，那個郵筒根本不是什麼實現心願的裝置。

用那個郵筒寄出明信片就會觸發「現象」發生，這一點肯定不會錯，但這一連串的現象到底有什麼法則？下次把明信片扔進那個郵筒中，究竟會造成什麼後果？正樹已經完全搞不懂，回到了最初的原點。

現在正樹只確定一件事：那個郵筒不能隨便使用。

總之現在只能靜觀當下狀況的演變。

「對了，正樹你喜歡風間同學喔？」

「幹嘛突然問這個啊？」

「因為你既然會說那種謊，我想應該或多或少有興趣吧？」

「這個嘛，長相還不錯吧。」

「咦咦咦？你只看長相喔……確實她長相是很不錯，在剛入學時也有很多男生找上風間同學……」

「哦？很多喔？」

「很多啊。你忘了喔？」

「嗯，沒什麼印象。你大概跟我解釋一下。」

「可以是可以啦，不過真虧你能忘記耶……我想想，剛入學的時候還滿常有人跟她告白吧。其中還有人明明有女朋友還找她告白，引發了一些騷動。一般來說啦，這種狀況有些女生會站在她那邊嘛，但風間同學每次一開口就會講些好像故意想激怒人的話。結果……」

於是風間遙香就陷入了孤立，而且是其他女生的反感特別強烈。

「哦～～是這樣啊……」

「幹嘛一副恍然大悟的反應。正樹你也是只看外表的那一派？」

「你是說喜歡上別人的理由？長得可愛不就很充分了嗎？」

「這樣就夠了喔？」

「不然你舉其他例子給我聽。比方說……」

正樹把球和問題一起踢向對方。

「你為什麼會喜歡谷川同學啊？」

「啥！」

滾出去的球穿越了愣在原地的井上的胯下。

「你要把球接住啊。」

「你、你為什麼知道啊！」

「……知道什麼？」

「你還裝傻，你怎麼知道我——」

說到這裡，井上察覺自己不知不覺間扯開嗓門，連忙放低音量繼續說：

「你怎麼會知道我喜歡的是谷川同學？」

「你在說什麼？是你自己來問我跟谷川同學告白有沒有機會啊。」

「怎、怎麼可能啊。」

「啥？」

「因為，我根本沒有理由找你討論啊。」

「等一下等一下，真的啦。因為你說我跟遙香……啊。」

正樹察覺了。

當時井上之所以會來找正樹討論，是因為他認為正樹攻陷了眾人公認高不可攀的風間遙香。換言之，現在高不可攀的風間遙香不存在，正樹也沒有與遙香交往，井上自然沒有理由找上正樹。

「是喔，原來是這麼一回事……」

井上不理會恍然大悟的正樹，撿回漏接的球之後，將疑問與球一起傳向正樹。

「話說回來，我看起來有那麼好懂嗎？」

「什麼意思？」

「正樹不是看穿我喜歡谷川同學了嗎？」

「咦？嗯～～照理來說會是這樣沒錯啦。」

「是喔……」

也許是相當受打擊吧，井上煩惱地揪起眉心。

看到朋友這種反應，正樹就不由得想捉弄。

「除此之外，我還有其他發現。我看你一定心裡想著好想吃谷川同學親手做的料理吧。真噁心耶。」

「為、為什麼會連這個都知道啊！」

正樹這句話似乎再度超乎意料，井上踢出的球代表他內心的震驚般飛向全然錯誤的方向。

「你看準一點再踢啦。」

「為什麼連這種事都知道啊！而且講我噁心會不會太過分？」

「因為你每次看著谷川同學就在想她做的菜吧？」

「再怎麼樣也不會誇張到這種地步啊！」

「啊，是喔？」

「當然啊。不過為什麼正樹會知道這麼多？」

「因為我就是這麼敏銳啊。」

「正樹很敏銳？不可能。」

「你比想像中失禮耶。」

不過這樣繼續捉弄下去，井上也許會失去自信。正樹如此判斷後打斷話題，跑去撿球。球滾到了操場旁的體育館附近。

在撿球的時候，正樹不經意地看向體育館。班上的女生正在上排球課。大家額頭掛著汗水，凝視著飛在半空中的球。似乎是相當激烈的課程。

這時，正樹看見遙香坐在體育館的角落面無表情地眺望著體育課的情景。

那傢伙為什麼不參加課程？

疑問浮現心頭的同時，井上剛才說的話也跟著回到腦海。

風間遙香在女同學間風評很差。也許是因為這樣，在團體比賽的時候受到排擠了吧？

就在這時，操場方向傳來男生集合的號令聲。

大概是要開始比賽了吧。

因此正樹也打算轉身回到操場，但坐在體育館角落一副悠哉模樣的遙香讓他放不下。

那模樣彷彿對孤單早已習以為常。從井上剛才的發言來看，她應該從入學時就毫不掩飾那樣的個性吧。當然也沒有半個朋友。不，也許早在進入高中之前就一直是那樣。無論國中或國小，也許她一直以來都是獨自一人度過在學校的時間。

走回操場的路上，那身影一直在正樹腦海中揮之不去。

放學後。

正樹在腳踏車停車場等著一個人回家的遙香前來。她目睹了正樹的身影後停下腳步。周圍沒有其他人影，若要搭話沒有更好的時間點了。正樹向著她踏出一步，但同時遙香也面無表情地邁開步伐，一語不發從他身旁走過，默默地要牽出她的腳踏車。不過正樹對她的刻意忽視也早有預料。

「等一下，我有一些話想跟妳講。」

「……」

「等一下嘛！」

正樹一把扣住她的肩膀，硬是讓她面朝向自己。遙香隨即揮手甩開正樹的手，露骨地板起臉。

「幹嘛？」

眼神銳利而冰冷。彷彿要貫穿對方心臟般的視線。

但正樹沒有閃躲。

——因為吵架一直拖下去也沒有任何好處啊。既然這樣，早點道歉不是比較好——

前些日子由美說的話浮現腦海。

她的想法肯定是對的。讓爭執持續下去也不會有任何好處。況且錯的人顯然是自己，那就更應該早點道歉。

沒錯。如果是自己有錯，那就必須自己主動道歉。

正樹提振起勇氣。

「今天早上那件事喔。」

「我不想聽。」

「對不起。真的很抱歉。」

「我不是說我不想聽嗎？你以為只要像這樣道歉，什麼事都能得到原諒？」

「沒有，我沒有那樣想。只是我真的沒有惡意。」

「什麼？莫名其妙。」

「總之拜託妳聽我解釋。拜託。」

「我才不要。」

「拜託妳。」

「我再說一次……」

「拜託妳。」

「……」

遙香雖然一開始毫不掩飾厭惡感，但是在明白正樹不會退縮後，她無奈地嘆了口氣，低聲答應了正樹的請求。

回家路上的咖啡廳位於路旁並排的民房之間，從正樹小時候就一直經營到現在。店長是位年老的男性，大概是把經營咖啡廳當作退休後的興趣吧。店內裝潢擺設呈現了店長的性格般氣氛沉穩。陽光自額外加裝的窗口投入，照亮原木色調的店內。

正樹與遙香一起來到這間咖啡廳。店內客人零星無幾。不過現在這樣正好。若要認真與人討論商量，當然希望能在安靜的地方。

兩人在桌旁的座位坐下後，店長前來詢問要點什麼。

正樹毫不猶豫就點了冰咖啡，而遙香像是面對複雜的數學難題，表情凝重地盯著菜單。過了好半晌，她指著上頭的品項告知店長，這時她的語氣依舊冰冷，但店長毫不在乎般點頭並離開。沉默在兩人之間飄盪。儘管正樹也認為既然是他提出邀約，應該由他主動開啟話題，卻因為不知該如何起頭而遲遲無法開口。另一方面，遙香只是默默地從窗口眺望外頭，一陣沉重的沉默，情境有如接下來就要提分手的情侶。不久，店長再度登場，將兩人點的餐飲擱在桌上後離去。正樹的冰咖啡，以及遙香的奶茶與蛋糕捲。她用叉子切了一塊蛋糕送進口中品嚐後，將視線拋向正樹。

「所以，你想說什麼？」

先開口的是遙香。

「既然是你找上我，那就快點講清楚啊。不然在這邊只是浪費時間。」

無懈可擊的指責。

正樹其實也做好了心理準備才找上她，事到如今也沒理由躊躇。

正樹抽出玻璃杯中的吸管，將咖啡連同裡頭的冰塊一起灌進口中，咬碎冰塊後跟咖啡一起噓下。

「講這種話大概會讓妳覺得我腦袋有病，不過……」

正樹如此起頭後，娓娓道來。

自己認識的風間遙香是個什麼樣的人。她是個表裡不一的人；與她偽裝成情侶關係；以及過去也發生過自己的記憶與現實有出入的狀況。正樹一一告訴遙香。

自己為什麼會把這些事告訴眼前的她？

當然其中一個理由是為了解釋今天早上自己的言行並非出自惡意。

不過，見到對孤獨習以為常的她，正樹想到如果能共享同樣的祕密也許能減輕她的孤獨感，這也確實是理由之一。

也許只是多管閒事，況且正樹自己也已經決定不再對孤立的人伸出援手。但是見到體育課時的她還有在教室總是一個人的她之後，正樹只覺得自己不能默不作聲。雖然正樹隱約覺得還有其他理由，但由於目前還理不出一個頭緒，現在決定先放一旁。

在正樹解釋的過程中，遙香一次也沒開口。一如往常用那冷漠的眼神看著正樹，貫徹聽眾的角色。

在她確定正樹的解釋告一段落後，她開口說道：

「老實說，很噁心。」

雖然早有預料，但這回答還是教人難受。

「簡單說你想說的意思是這樣——今天早上你在教室會亂講什麼你和我正在交往，是因為在你的記憶中這是事實。只是因為沒有察覺記憶與旁人有出入，才不小心在大家面前說出口。所以你也不是故意的。」

「嗯，就是這樣。」

「妄想最好也要有個限度。」

「唔……」

「我和你為了欺騙旁人而假裝交往？這怎麼可能。」

「我知道妳應該會這樣想，但這才是我所知的風間遙香。」

「那就只是你的妄想吧。所以我才說你噁心啊。況且我從小就是這種個性。聽你這樣當面否定，老實說很讓我不愉快。」

「……」

「況且就算你成功讓我相信這番鬼話，又有什麼意義？」

面對這問題，正樹只能沉默。

因為正樹想不到任何回答。

遙香對這樣的正樹說了：

「今天體育課的時候，你有從外面偷看體育館吧？」
「啊、嗯。」
「雖然我想應該不至於，該不會是看見那時的我，讓你感到同情了？」
「這……」
「如果是那樣，那完全是多管閒事。我一個人也從來不覺得難受，況且我體育課觀摩是為了避免激烈運動。雖然我自己講像是找藉口，不過我身體本來就不太好。所以你該懂了吧？我一點也不需要你的同情。」
「……」
一句話也說不出口，只能沉默，遙香將最後一塊蛋糕捲配著奶茶嚥下。隨後從書包拿出皮包，遞出千圓鈔票。
「就這樣。我要走了，找錢就不用了。」
「先等一下。」
「還有什麼話要說？」
「呃……」
「喔，你大可放心。剛才你講的那些我不會告訴任何人。反正我沒對象能說，而且我自己也不想說這種噁心的話。」

「……」

「就這樣了，再見。」

遙香自座位站起，離去前拋下一句話。

「我對你真的很失望。」

「……咦？」

失望。意指對方不符合期望的字眼。

但在當下的正樹耳中，不只是字面上的意思。

因為反過來說，現在的失望就代表曾經懷抱期待。

正樹抬起俯著的臉。她正對店長微微點頭，即將走出店門。裝在門上的鈴發出清脆的聲響，她的身影也跟著走到店外。此時，某件事浮現在正樹的腦內，那記憶引來一絲希望，驅使正樹使勁站起身。正樹甚至忘了付帳，追趕在那背影後方衝出店門口。他對著正要跨上腳踏車的背影大喊：

「妳一定討厭我對吧！」

也許那不該透過自己的嘴巴確認吧。不過當下的希望就藏在這裡。

遙香厭煩地轉頭。

「有人會自己問這種問題嗎？」

「妳開始討厭我，是在暑假結束時。」

剎那間，她的雙眼微微瞇起。

「看到暑假結束後的我整天無所事事，讓妳覺得煩躁，不是嗎！」

「……你為什麼知道？」

遙香在班上孤立，因此她肯定沒機會告訴別人這些事。所以照理來說不會有任何人知道。

然而正樹的話還沒說完。

「妳現在的髮型是從國小就一直維持這樣，而且妳對某個從未見過面的年長男性懷抱著憧憬。」

「為什麼連這些都……」

「妳覺得如果要約會想挑安靜的地方。而且如果有男朋友，妳會想為他做便當，一起上下學。」

「……」

「還有，妳對自己差勁的個性有自覺。」

「……你想挨揍嗎？」

「那妳敢摸著良心說我講錯嗎？」

「……你沒講錯。」
遙香不甘心地挪開視線。
「不過你怎麼會知道這麼多，難道你是跟蹤狂？」
「不是。有人告訴我的。」
「是誰？」
「是妳啊。」
「我？我沒跟任何人說過。」
正樹搖頭。
「我剛才不是講了？雖然只是假裝的，但我和妳曾經交往過。那時候妳自己告訴我的。」
「但你講的那些都是……」
「的確有可能只是我的妄想。但是對我來說那和現實沒有兩樣。況且我說中的這些事，妳能提出其他合理的解釋嗎？」
「這……我是沒辦法。不過我從來沒跟你交往過，也不曾和你坦承那些事。這是千真萬確的事實。」
「嗯，我想妳說的也是真的。不過對我來說，我的體驗也是千真萬確的事實。可以拜託妳相信我嗎？」

「……」

遙香緊抿嘴脣，垂下眼。

她大概正陷入煩惱吧。無法相信這種事的常識思考與對方確實知道太多的現實，兩者之間的矛盾讓她困惑。

雙方沉默了好半晌。

不知過了多久。

「好吧。」

遙香開口說道：

「我開始覺得可以稍微相信你了，就相信你一點點吧。就一點點而已。」

再三強調一點點的語氣，正樹覺得很符合她的風格。

「不過，有一件事我就是搞不懂。」

「什麼事？」

「你為什麼要跟我講這些。」

「那個喔……老實說，我也找不到一個能說服自己的理由。不過……」

就是想解釋清楚。

就是想伸出援手。

這些正樹都不否認。

但是正樹同時也覺得不只如此。

甚至有種這兩個理由只是為了隱藏真正用意的感覺。

但正樹自己同樣搞不懂自己的真正想法。

儘管如此──

「基本上，我不在乎別人怎麼看我。妳討厭我就算了，但我不希望妳一直誤會下去。」

正樹將心聲轉換成言語如此說道。正樹認為現在若要準備最能說服自己的答案，就只有這個方法。

另一方面，遙香沉默了好半晌。不像剛才那樣毒辣地連連批評，只是默默地不知在思考些什麼。

最後她說出的話語只是短短的一聲：「是喔。」

但這個回答讓正樹不禁有種得到對方理解的心情。

遙香似乎願意相信了。

就在這時，咖啡廳的大門開啟，鈴鐺聲響起。正樹轉身一看，店長站在店門處。他讓視線在兩人之間游移後，對正樹說道：

「不好意思，兩位談完了嗎？我想差不多該結帳了。」

正樹回想起自己還沒結帳，連忙回到店內。

遙香傻眼地看著那慌張的背影。

「喂，我想知道更多細節。」

離開咖啡廳後，兩人走在回家路上，來到岔路時，遙香不甘心地說道：

「你剛才講的那些，我還想知道更詳細的細節。雖然聽起來不可置信，但你確實知道太多了。所以……喂，你那是什麼表情啊？」

訝異的正樹表情呆滯地半張著嘴。

「沒事啦，要講給妳聽不是不行啦……妳是怎麼了？傲嬌？」

「什麼？你哪隻眼睛看到嬌了？」

「因為……態度和剛才完全不一樣啊。」

「我剛才不就已經說過我會稍微相信你嗎？怎麼，你已經忘了？」

「還記得啦。只是我也不知道妳那句話有多認真……呃，所以說我可以認為妳還算是相信？」

「一點點而已。就一點點而已。我可還沒有完全相信，懷疑還是占很大一部分。」

不知為何要這麼強調「一點點」。
對遙香辯解般的語氣，正樹不由得輕笑。
「知道啦。那妳要約什麼時間在哪裡講？」
「你接下來應該有空？」
「有。」
「那就現在吧。」
「要去哪裡？要去我家嗎？離這裡也很近。」
「你爸媽現在在哪？」
「我爸媽？我爸在上班，我媽應該去買東西吧。」
「那我不要。」
「為什麼啊？」
「這還用問。因為我還沒有捨棄你其實是跟蹤狂的可能性。和這種人待在沒有其他人的家裡獨處，感覺就很噁心。」
「什麼噁心……話說我為什麼是跟蹤狂？」
「因為你知道太多我的祕密。」
「光是這樣就變成跟蹤狂喔？那就在這附近隨便找地方聊？」

「不行。在外頭待太久也許會被同學看到啊。」

「有什麼不行啊？」

「因為你公開說出我和你正在交往這種鬼話，現在我們正處於可能傳出謠言的狀態。萬一有人目擊我和你放學後在一起，你講的那些鬼話就會被當作事實。剛才在咖啡廳算是沒辦法，但我不想繼續製造被人目擊的機會，懂嗎？」

「這道理我不是不能理解啦……不過，我們今天已經一起走出校門，現在還走在一起，這種現狀沒關係嗎？」

「……只、只是短暫的一段時間而已。」

「我看妳根本沒想到吧。」

「少囉嗦。現在就算了啦。」

「我是完全無法理解，不過妳覺得沒關係就好。總之要去哪？要不然乾脆去妳家？」

「我家？」

「既然這裡也不行那裡也不行，那就只剩這個選項了嘛。」

正樹的提案算是半開玩笑。既然她視正樹為跟蹤狂，當然不可能邀請正樹前去自家。

不過遙香露出沉思般的表情後，有如做出痛苦的抉擇般答應了。

「好吧。現在就去我家吧。」

「……咦？真的可以喔？」
正樹先是懷疑自己的耳朵，為了確認而正色問道：
「不好意思，讓我再問一次。妳說要到哪邊聊？」
「我說我家，沒聽見？」
「呃，所以說……」
女生邀請自己到她家嗎？
年輕男女共處一室共度時光。光是想像那樣的情景，想像力便自然而然失去控制。
就像是為了敲碎少年的夢想般，遙香補上一句。
「話先說在前頭，我媽在家。」
「啊，是喔……」
就常識來想這也是當然的吧。現實總是無情。
最後正樹轉換方向離開回家路，踩著腳踏車前往遙香家。

正樹跟在遙香後頭騎向風間家。
她的家位在山腳下，騎腳踏車從正樹家出發大概要花上二十分鐘。
那間房屋孤零零地坐落在遠離住宅區的位置。

和現實中的她處境相同，孤立的獨棟民房。

途中正樹與幾名穿著工作服的男人們擦身而過。大概是正在進行某些調查吧。他們不時指向山坡，不知在交談些什麼。正樹感到有些好奇，轉頭看向男人所指的方向，但那裡就只有長著草木的斜坡而已。他們似乎是對那一帶有興趣。話雖如此，這也不是多麼稀奇的情景，過去也曾見過道路調查或下水道調查等。大概是這方面的工作人員吧。

不久後兩人抵達了遙香家。

她的家看起來像是建築師設計的房屋，外觀有如並排的立方體，看起來還滿奇異的。

正樹和遙香將腳踏車停放在玄關旁。隨後她扔下一句「等一下」便逕自走進家中。認為她也許要收拾房間，正樹便老實地在門外等候。由於這段時間也閒著沒事，正樹便觀察四周打發時間。她家附近沒有路燈，一旁則是懸崖般陡峭的山坡，令正樹不由得納悶居然有人把家蓋在這種偏僻的地方。接下來正樹的視線轉向門牌，姓氏風間旁寫著三人份的名字。其中也包含了遙香，所以那上頭寫的應該是全家人吧。看來風間家是由遙香和父母組成的三人家庭。

這時遙香回到了家門外。正樹在她的招呼下走向玄關。一名中年女性站在門後。那彷彿體現了優雅二字的打扮，一眼就能明白她是遙香的母親。平常的遙香——不，過去的遙香面對同學們時的模樣，就有如眼前這位女性年輕時的樣貌吧。

當然本性大概不同。
又或者，這個母親也有她隱藏在笑臉下的本性。
遙香的母親看見正樹，立刻轉頭看向遙香。
「是客人？」
「嗯。算是吧。」
「哎呀，是這樣啊。」
當她再度轉頭看向正樹時，正樹自我介紹：
「我是遙香同學的同班同學，名叫篠山正樹。」
「遙香的同班同學……原來你就是篠山正樹同學啊。」
「呃，是這樣沒錯……」
雖然遙香母親的話語讓正樹有幾分不解，但遙香立刻介入。
「媽，不用跟他多說什麼。」
對女兒牽制般的反應，母親別有深意地微笑道：
「多說是指什麼？」
「別多管就好了。你也快點進來。」
大概是不希望正樹與母親繼續交談吧，遙香立刻就指示正樹走進家門。正樹順從地踏入玄關，跟著她的腳步移動。最後遙香帶他來到了她自己的房間內。
「我去拿飲料來。你隨便找地方坐。」
「啊，嗯。」
遙香如此指示後，把正樹留在房間，自己離開。
正樹環顧房內。
房間大概三坪左右，就單人房而言相當寬敞了。不過她的房內沒有一絲少女的感覺。床鋪與書架、電腦和電視等日常用品雖然一應俱全，但完全沒有一般女孩會喜歡的玩偶等的擺飾品。
也許是因為這樣。
正樹沒有來到女生房間的感覺。
其實來到這裡的途中正樹充滿了期待。儘管知道不會發生任何幻想中的情境，但造訪由美之外的女生房間，這還是第一次。只要是青春期的男生，無論誰都會不由得興奮。
因為這份期待，讓遙香的房間看起來更有種遺憾的感覺。
「該怎麼說啊……難道沒有其他有意思的東西嗎？」
雖然正樹也覺得趁主人不在的時候在房內四處亂晃不太好，但光是坐著等她回來也太無聊了。只是看看應該沒關係吧？

於是正樹先走向書架，一一看過擺在書架上的書名。

課外書的種類相當豐富，不過特別多的還是科幻小說。看來興趣本身並沒有改變。如果是男生的書架，也許其中會藏著一兩本成人書刊，不過這次的對象是女性，應該不至於吧。

接下來要看什麼呢？

正樹掃視房內。

但是已經沒什麼值得一看的東西了。

剩下的只有櫥櫃和衣櫃而已。

正樹再怎麼樣也不會去偷看那裡頭。

絕不能看。

每個人都有不希望別人侵犯的領域。

櫥櫃和衣櫃正是那樣的私密領域。

不該看的東西不去看，不該做的事不去做。

民間傳說也時常提到類似的寓意。

比方說白鶴報恩、蛤女房、浦島太郎等等。其他像是潘朵拉的盒子可說是聞名全世界的傳說。

無論社會、學校、運動競技等都設有不得觸犯的行為。同時也是這些規則維持了世界上的秩序。

當然正樹也非常明白這些常識。

正樹明白。

理性上明白。

但是——

對開式的衣櫃的門微微敞開著。不對，那模樣甚至有種嘴巴裡塞了太多東西就快要忍耐不住全吐出來的感覺。

目睹那樣的情景，無論誰都會這麼想吧。

把嘴巴裡的東西吐出來吧。吐過一次就會輕鬆許多喔。

然後溫柔地拍拍那人的背吧。

越是溫柔體貼、越是充滿正義感的人，就越容易感受到那樣的衝動。

沒錯。這是一種溫柔體貼，也是出自正義感的好心。

所以絕不是想入非非。

正樹握住了衣櫃門的把手，然後——

「雖然只有茶而已，不過飲料應該隨便什麼都好吧？」

遙香拿著托盤登場。

同時正樹拉開了衣櫃門。

剎那間，造型可愛的玩偶接二連三從衣櫃中滾落。彷彿要吐出那份痛苦般，衣櫃解放了塞在裡頭的無數物品。

先是掃視散落一地的動物玩偶，正樹恐懼萬分地轉頭看向遙香。

「呃，這個嘛……」

遙香俯著臉，不停顫抖。托盤上的麥茶搖晃著。

「我、我覺得很好喔。女生房間裡還是多少有這些東西比較自然嘛。或者該說完全沒有反倒不太自然嘛。我個人的意見啦，嗯，所以說……」

遙香抬起臉，滿臉通紅，雙眼濕潤。大概是因為害臊吧。

隨後她大口吸氣，下一瞬間——

「滾出去————！」

「對不起————！」

好一段時間後，遙香的情緒終於恢復平靜，兩人這下才開始討論當初來此的目的。

不過遙香本人坐在床邊蹺著腳，正樹卻跪坐在地板上。這樣的情境大概與剛才的事件脫不了關係吧。正樹不禁後悔自己剛才輕率的舉動。

不過，現在這樣的高低差距，正樹覺得還不差。

理由在於遙香現在穿著制服的裙子。裙底的陰影不時躍入眼中卻又無法一窺究竟。雖然有些遺憾，不過這種感覺倒也不錯。

「我剛才稍微想了一下。」

「想了什麼？」

注意力原本集中在裙子的正樹聽見遙香的聲音而抬起臉。

「記憶的出入。」

「喔，妳是說我的記憶和旁人有差異的問題？」

「我想那也許不是有誰記錯，只是彼此真的都不知道吧？」

「什麼意思？」

「問題不在於你還是周遭的人忘記了，而是雙方都沒體驗過對方的記憶。簡單說——」

平行世界，Parallel World。

「你是打從另一個世界來的。所以大家不知道某些你知道的事，而你不知道大家知道的某些事。所以不是你不記得，而是以前根本沒經歷過這回事，當然也不會知道。」

「喔，原來是這樣……」

確實這麼想就很簡單明瞭了。

為什麼自己不記得——

為什麼大家都不記得——

——問題不在這裡。

因為彼此之前置身於不同的世界，所以認知才會發生出入。

「不過這種事真的可能嗎？」

「你自己要吐槽這一點喔……」

遙香傻眼地嘆了口氣，承認道：

「老實說這根本是怪力亂神，沒有任何可信度。與其相信這種假設，直接用你的大腦腐爛了當作理由還比較合理，而且問題也能立刻解決。不過，你為什麼知道我那麼多祕密，這個令人噁心的疑問還是沒解決就是了。」

「等一下等一下，這樣一來會產生新的問題吧，我的腦袋到底怎麼了，這個問題也很重要吧？」

「你的腦袋爛掉了，這不就結了？」

「我的意思是，那樣我不是很可憐嗎！」

「你現在已經很可悲了啊，就各種層面上來說。」

「跟妳講話好累……」

「不過，就算要用平行世界來解釋，還是有些疑點。」

「疑點？」

「假設你原本所在的世界為A，這個世界是B。因為我和大家都認識篠山正樹，所以在B原本就有篠山正樹這個人，這樣的話，現在是世界A的篠山正樹出現在世界B。那麼原本在世界B的篠山正樹到底去哪了？」

「嗯～～……是不是互相交換了？A和B的篠山正樹對調。」

「嗯，要這樣想也是可以。那麼問題來了，其實這才是最重要的問題。你要怎麼才能回到A的世界？以及另一個篠山正樹要怎麼回來B的世界？」

「唔嗯，這確實是個問題啊。」

正樹雙手抱胸呢喃說道。

不過那模樣在遙香眼中似乎顯得異樣悠哉。

「喂，這可是你切身的問題。你怎麼不更著急一點啊？」

「因為那只是假設上的問題啊。況且我覺得現況沒什麼問題啊，在家裡的毫無疑問還是我的家人，學校的朋友也沒變。既然這樣，妳不覺得就這樣過下去也無所謂嗎？」

「換作是我就不會這麼想。既然沒有共享相同的歷史，那就根本是不同的兩個人了。」

「要這樣講也是有道理啦，不過平行世界什麼的未免太超乎現實……」

「我說你啊，否定了假設的前提要怎麼討論下去？」
遙香清過嗓子，繼續說：
「總之，我今天最想向你問清楚的是，什麼樣的契機會引發那種現象發生？你有沒有些頭緒？」
「嗯～～……老實說，有。」
「有嗎？」
遙香的表情中隱約浮現了幾分好奇。
正樹點頭後，將目前為止知道的所有事一五一十全盤托出。傳說、郵筒、明信片以及高尾晶與風間遙香的不可思議的現象。
在全部說完之後正樹才想到自己也許透漏太多了。至少風間遙香實現了篠山正樹的願望這一點應該保密會比較好。畢竟對遙香而言那就像是自己因其他人的願望而遭到利用。
但是全部聽完之後遙香俯著臉陷入了沉思，沒過多久便開始吃吃地笑了起來。那表情難以言喻地複雜，帶著喜悅也帶著失望。那樣極端的兩種情緒複雜地交纏，形成想哭卻哭不出來，想笑也笑不成的表情。
「妳是怎麼了？」
儘管正樹如此詢問，但遙香依舊沉浸在自己的思緒中，呢喃說道：

「原來如此，原來是這樣啊……是這麼一回事啊……」

「嗯？妳知道什麼了嗎？」

「沒什麼。只是發現夢總是會幻滅啊。」

「啥？妳是在講什麼……」

就在這時，房門處傳來敲門聲。遙香的母親傳來一句話：「是不是該回去了？」正樹抬頭看向窗外，不知何時天已經黑了。

「啊，真的耶。我差不多得回家了。」

「是喔，要回去了？」

「嗯，妳的假說還滿有趣的喔。」

正樹說完便站起身，但不知為何遙香也站了起來。大概是要送自己出家門吧。正樹這麼想，但似乎並非如此。

「我陪你走一段路吧。這附近沒路燈，送你到有路燈的地方。」

「不用啦。這種事哪有男生會讓女生陪啊。」

「廢話少說，就讓我送你一程。」

「……」

既然她都這麼說了，正樹也沒辦法多說什麼。

遙香家附近確實沒有路燈。不過在月光之下還是勉強維持了一定的能見度。因此正樹其實也可以現在就請遙香回家，但是和同班的女同學走在夜晚的鄉間小路上，這樣的情境還是令他不由得雀躍。

因為有這樣的意圖，正樹便不多說，順從地與她同行。

「對了，來這裡的路上有一群穿著工作服的人，他們是做什麼的啊？」

正樹挑起這個話題當作閒聊。

「噢，你說那些人喔？雖然我也不太清楚，不過印象中是調查地質或地層的人吧。之前好像說過什麼地層也許變得有點疏鬆。」

「哦～～這附近沒問題嗎？」

「應該沒問題吧？租現在這個家之前應該有問過房仲。」

「哦～～」

對話到此中斷。

一旁的山坡傳來蟲鳴聲。大概是鈴蟲吧，每當聽見那聲響就讓人感受到夏天的逝去與秋天的到來。也許這就是人家說的四季情調。

「其實啊——」

遙香突然開口了。

「其實我一直在注意你。」

與剛才的她截然不同的柔和語調。

「一直……是從什麼時候開始？」

「升上高中又過一小段時間之後。」

也許是故意的吧，遙香沒看向正樹，只是仰望著一旁的山坡。

「你平常都一直在放學後的操場上練習吧？在那群人之中你的聲音最響亮，臉上總是露出笑容。看著那樣的你，我總覺得你好像很快樂啊。所以見到暑假結束後的你，就讓我非常煩躁。不但退出了棒球隊，成天也只是渾渾噩噩。」

「嗯，妳想說什麼我懂了。不過既然覺得不開心就別管我不就好了？把我當成一個不值得在意的傢伙啊。」

「……你知道我有個憧憬的對象吧？其實那個人好像是棒球隊的，日子也過得很開心，一定就像暑假前的你那樣享受著每一天。簡單說，在我眼中你和那個人彼此重疊了。」

「原來是這樣。」

所以風間遙香才會對篠山正樹感到憤怒吧，因為有種自己的憧憬遭到玷汙的感覺。

「欸，我可以問你嗎？」

直到這時遙香終於把臉轉向正樹。
「你為什麼退出棒球隊？到底發生了什麼事？」
為什麼放棄了那樣快樂地參與的棒球活動？
正樹停下腳步，遙香也跟著停下腳步。
一陣氣氛凝重的沉默。
光是這樣遙香就明白這對正樹而言是不願提起的話題。但是曾經那樣散發青春光輝的他，究竟為什麼會突然過著灰色的每一天，遙香無論如何都想解開這個謎題。
正樹深深嘆了口氣。
真要蒙混過去也不是辦不到吧。
想硬是結束這個話題也可以吧。
但不知為何，正樹就是想盡可能誠實面對她。
所以正樹一五一十娓娓道來。
升上高中後，正樹立刻就加入了棒球隊。
為了實現享受青春而揮灑汗水的理想中的青春時光。下課時間與同學們談天說笑，放學後專注於社團活動，與女朋友一起走在回家路上。那正是正樹過去夢想中的青春。

就在正樹升上高中二年級的時候。

也許是因為之前有三年級生而不敢猖狂，兩名二年級的學生一升上三年級之後便開始引發問題。

對學弟們的霸凌開始了。起初是以練習為理由強加過度的訓練，但漸漸地拋開了藉口，直接施加暴力。

當然正樹也覺得不愉快，便向本人抗議要他們住手，但回答只有狂笑聲。正樹改變主意改向顧問求助。

告訴顧問現在的狀況，希望老師介入解決。

然而顧問老師不願意因為承認問題發生而擔起責任，便不斷打太極拳閃避正樹的控訴，決定視而不見。

就在這時，事件發生了。

在開始放暑假之前，高中棒球的夏季地方大賽剛開始的時候。

三年級生胡鬧時揮舞的金屬球棒擊中了吉留的眼睛附近。雖然幸好沒有造成嚴重的傷害，但只要位置稍有差錯就可能讓吉留失明。

雖然發生了這樣的傷害事件，棒球隊卻互相串供，要將吉留受的傷當作是練習中的意外處理。

因為現在正值夏季大賽，無論是哪種形式，問題都不能曝光。

對此正樹憤慨難平。這樣的容忍和隱蔽絕對不合理。他主張現在就該直接向校長提出控訴，制裁那兩名三年級生。

正樹就在正要前往校長室時，一名隊員阻擋在他面前。

那不是那兩名三年級生。

而是吉留。

戴著眼罩的他說：

正樹，不要自作主張。你這樣我們會沒辦法參加夏天的大賽。對其他三年級生而言，這是最後的大賽了。為大家想一想。

當然正樹也反駁。

我有想，所以我才要行動啊。為了再也不發生同樣的過錯，一定要給予他們懲罰才對。所以我才要去找校長。

那是正樹心中的正義。

所以正樹向其他隊員尋求贊同，請大家一起去找校長。

當然了，正樹也認為其他人會跟隨他。

然而隊員們只是尷尬地低下頭。那代表著拒絕。

正樹目睹從未預料的反應而啞口無言時，吉留落井下石般接著說道：
正樹，你這種自以為是，老實說只會帶來麻煩。
正樹想幫助棒球隊隊員們，想讓棒球隊恢復健全風氣。正因如此才想行動，也覺得隊員們應該會一呼百應。
但現實完全相反。
既然如此，那就不甘我的事了。愛怎樣隨便你們吧，誰要奉陪啊。
對那些遮掩問題，就結果而言包庇加害者的人，正樹沒什麼好說的。
於是正樹退出了棒球隊。

聽完正樹這番話，遙香只是緊抿著嘴脣。也許正在思考該對正樹說些什麼吧。
但對正樹而言，不需要任何多餘的言語。
不需要安慰也不需要同情。
一切都已經過去了。所以只希望其他人別再多嘴。
但是——
「我覺得，吉留同學是對的。」
遙香口中說出的話語完全不在正樹的預料之中。

「你只是憑著自己的正義感行動，而且還打算把所有人都拖下水。阻止你的吉留同學沒有錯。」

「為、為什麼啊！」

正樹不由得扯開嗓門大喊。

「我哪裡錯了！大家都束手無策，所以我想幫助大家。這到底有什麼錯！」

沒有任何錯才對。但為什麼是我要挨罵啊？

但遙香以冷靜的口吻反駁：

「正樹，也許你沒有錯。挺身對抗學長的膽量很了不起，直接去找校長會談的行動力也很出色。但只要沒有得到其他人的贊同，那就只是一種自以為是。」

遙香的話語如同一把利刃扎進正樹的心窩。

確實沒有得到大家的贊同。遙香說正樹自以為是，正樹也完全無法反駁。但這樣就應該嚥下那口氣嗎？自己的所作所為就因此變成錯誤了嗎？

面對無法認同的正樹，遙香接著說道：

「到頭來，你為什麼會在得到大家贊同之前就想衝去跟校長告狀？一般來說順序反了吧？應該先得到贊同後再代表大家去找校長吧？」

「那是因為……那時候就一時氣憤……」

「真的就這樣而已？」
「唔！」正樹低聲沉吟，明白了。
遙香恐怕已經隱隱約約看穿了篠山正樹的真面目。
那就沒辦法了。
正樹死守著沉默好半晌，最後無奈地娓娓道來。
雖然一直欺瞞自己，但其實早在很久以前就有自覺了。
年幼時對充滿正義感的爺爺的背影懷抱著憧憬，自己也想成為那樣富正義感的人。遇到被欺負的孩童就伸出援手，遇到被排擠的孩子便牽起他的手。
於是大人們都會這麼說——
正樹弟弟好了不起喔。
年幼的正樹很開心。
於是正樹懷抱著那份正義感行動。
但是長大之後，旁人的反應變了。
旁人開始冷眼看待他的行徑。
大人們也傻眼地搖頭。
為什麼？自己沒做任何壞事，為什麼大家都不願意接納？

儘管嘴上這麼埋怨，心裡其實有自覺。

篠山正樹想要的不是伸張正義。

只是為了要帥而利用旁人而已。

正樹誇口說自己不在乎其他人的評價——

正樹為了不給筆友帶來壞印象，隱藏真正的現況——

正樹建議對方維持真正的自己最好——

正樹表現得彷彿隊員們的代表，去找校長申訴——

正樹在這些時候不忘帶上冠冕堂皇的理由——

——一切都是為了自己的面子。

起初確實只是純粹的正義感，但在受人誇獎後目的便改變了。

不知不覺間，正義感只是用來裝扮自己的一項要素罷了。

正樹露出難堪的苦笑，遙香繼續說：

「所以，你有站在大家的立場想過嗎？」

「大家的立場？」

「因為你已經做好心理準備，才能立刻走向校長室。但其他人不一樣吧？畢竟事件一旦曝光，肯定會失去大賽的參賽資格。有的人會同意你的意見，有的人會反對，有的人則會猶豫。為了讓棒球隊全體都不留下遺憾，必須先統整所有人的意見。所以吉留同學才會那樣說吧——不要自作主張，為大家想一想。既然這樣，你也該設身處地稍微為大家想吧？」

「……」

正樹無言以對。

因為遙香一針見血地戳破了他有多麼自私。

光是這樣就讓正樹羞得直想拔腿就逃。

但是，既然都來到這地步了，不如就統統說出口吧。

也許只是自暴自棄。

不過，正因如此正樹才能吐露自己的心聲。

面對眼前的少女，坦白說出自己真正的想法。

「我……其實不想退出棒球隊。然而，當我決定要去找校長的時候，我以為大家都會贊同我。但是吉留當著大家的面說我自作主張，說我只是給大家找麻煩，我覺得超丟臉的。我可是充滿自信擺出自以為代表大家的態度喔，可是他一句話就摘掉我的面具，說我不是什麼代表，不要自作主張，當然沒有台階下嘛。我會躲著吉留也是因為這樣，我沒臉面對他啊。我很白痴吧？」

難堪與羞恥讓正樹眼眶泛淚。

他不由得笑了起來。

不過同時他也這麼想。

能徹底丟臉到這個地步，反倒輕鬆多了。

心中許多糾葛頓時彷彿變得無足輕重。

「欸，正樹。」

遙香說道：

「你就不用再強撐著面子了吧？展現原本的自己不是很好嗎？做真正的自己不也很好嗎？我想大家也一定會接納那樣的正樹。」

「……」

正樹愣住了。

不久前送給高尾晶的那句話，就這麼回到自己身上。現在的正樹無法判斷該怎麼理解這樣的偶然。但如果這不是一種偶然，那麼當時對高尾晶寫下的那句話，也許其實就是正樹想對自己說的話。

「不過，我這個人講這種話，也沒什麼說服力就是了。」

遙香語帶自嘲地說：

「很久以前我下定決心要維持真正的自己。雖然我也知道自己的個性很差，但還是貫徹這樣的自己。結果就如你所見。就連在班上都無法融入，從來沒交過什麼朋友。這樣的我說什麼真正的自己也沒什麼意義吧……」

「不會啊。沒這回事。」

遙香投出不解的眼神，正樹挑起嘴角對她展露笑容。

「肯定會有人能接受真正的妳。」

將在某處寫下的文字化為言語。但這次不是謊言，是出自心底的真心話。

遙香睜圓了雙眼，先是抿著嘴脣忍著笑意，但最後還是捧腹大笑。

「啊哈哈哈哈！那種怪胎是要去哪裡找啊！」

「啊哈哈哈哈！很難講，也許就在不遠處喔！」

笑聲消散在夜空中。

鈴蟲的鳴叫聲已經聽不見。

兩人響亮的笑聲讓秋季的特色也為之噤聲。

那個夜裡，兩人只是一直大笑。

直到心滿意足為止。

數天後——歷經週末之後，到了球技大賽當天。

每當舉辦學校整體的活動，校內總是充滿著有別於平常的興奮氣氛。大家腦袋裡大概只剩下該怎麼盡情享受這一天吧。

處在這樣的氣氛之中，吉留卻悶悶不樂。

原因只有一個。

因為正樹。

那時自己為什麼脫口說出那樣的字眼？

當初吉留確實認為不能放任正樹擅自行動。為了其他認真練球的三年級生，也為了棒球隊，必須參加夏天的棒球大賽。

但不應該因為這樣就批評為大家行動的正樹只是製造麻煩。因為這句話，正樹離開了棒球隊，就好像自己趕他出去一樣。

所以吉留一直找機會想邀請正樹回到棒球隊，但總是說不出口。自己之前才說他只是帶來麻煩，現在吉留不知該如何挽回。

儘管如此，還是只能盡可能和他溝通。

雖然心裡這麼想，但吉留沒有這樣的勇氣。

非做不可。

自己非做不可。

雖然再三如此告訴自己，但是每當與正樹面對面，決心總是馬上就萎縮。

正樹肯定也不想再回到棒球隊吧。所以自己去找正樹，正樹一定也覺得煩人吧。自己不該勉強他。

每當與正樹面對面，這樣的藉口就浮現在心頭。

於是吉留總是什麼也說不出口而錯失機會。

吉留不由得對自己的懦弱嘆息。

正當吉留沉浸在憂鬱中，這時同學們前來教室找他。同學說下一輪的比賽對手就要出爐了。吉留參加的競技項目是壘球。第一輪已經勝利，接下來第二輪即將面對的對手是現在正在操場上比賽的兩隊伍的勝利方。同學前來找吉留一起去觀戰。

無論哪邊獲勝都一樣。

從吉留的角度來看，無論哪邊是對手都無所謂。雖然有人會傾盡全力，不過球技大賽終究是遊戲。一場傾盡全力參加的遊戲。所以輸贏其實無所謂。

儘管心中這麼想，吉留還是跟著同學前往操場。

就在他隔著圍籬看向操場上的同時，金屬球棒擊中球的響亮聲音響起，下一個瞬間，壘球撞上他眼前的圍籬。

「咦……」

吉留訝異地睜圓雙眼。但那並非因為那顆球，而是因為目睹了剛才揮棒擊球的人。

打者拋開球棒衝向一壘，扯開嗓門催促前方的跑者：「快跑快跑！」那模樣彷彿純真的孩童，流露發自內心的喜悅。那確實是與球技大賽十分相襯的爽朗笑容。

回想起來，當他在打棒球的時候，臉上總是掛著那樣的笑容。

現在在場上笑著的，毫無疑問就是正樹。

這時，堅定的信心自吉留心底油然而生。

既然能在球場上那樣笑著，那麼肯定也能再次一起打棒球。

信念給了吉留自信，自信則連接到勇氣。

不久後裁判宣告比賽結束。

同一時間，吉留拔腿跑向正樹。

比賽結束後，正樹與隊友們暫且分開，一個人前去休息。口渴得要命，總之就到餐廳的自動販賣機買個飲料吧。

正樹走向餐廳，途中突然聽見有人呼喊自己的名字。

「正樹！」
正樹已經算不出這是第幾次被這聲音叫住。過去正樹總是板起臉冷漠地敷衍，對方肯定也覺得正樹還在生氣吧。但其實只是為了掩飾自己的心胸狹隘，才會故意擺出那樣的態度。與遙香談過後正樹已經有所自覺，而且發自內心感到羞愧。
所以就到此為止了。
別再繼續強撐著無所謂的面子。
更加率真也更加坦誠地，展現真正的自己。
正樹轉身一看，吉留就站在不遠處。
儘管正樹讓他一次又一次碰了釘子，他還是沒有放棄。這讓正樹感到欣喜，同時也為此歉疚。所以正樹之前就決定好下次見面時的第一句話。
「吉留……」
「正樹，那個……」
「抱歉。」
「抱歉。」
兩人同時對著彼此低下頭。緊接著又同時疑惑地抬起臉。
為什麼你要道歉？

雙方的臉上都明確地寫著同樣的疑問。

對方預料之外的突襲，造成一陣不知所措的沉默。

吉留首先打破沉默。

「正樹，抱歉。你那時是想為了大家行動，我卻說你想製造麻煩。所以，那個……」

「沒有啦。我才有錯。」

正樹打斷吉留的話，正色致上歉意。

「我只想到我自己而已。明明是你阻止了我，我卻老是對你洩憤。真的很抱歉。」

「不是，那件事錯是在我。因為我——」

這時正樹輕聲一笑。

吉留果然是個責任感太強的傢伙，因此無論遇到什麼事都容易當成自己的責任。這次該說是那個性往負面發揮了吧。

既然如此，這樣沒完沒了的互相道歉就該由自己主動打斷。

「吉留，對彼此道歉就到此為止吧。」

「啊、嗯。說的也是。」

看吉留也同意後，正樹面臨了至關重大的關頭。

光是道歉當然不可能讓這件事就此結束。

「雖然才剛道歉完就講這個不太好意思……」

正樹停頓一拍，繃緊表情再度正色低頭說道：

「說起來很厚臉皮，請讓我再次加入棒球隊。」

昨天晚上向遙香坦承了一切。正樹覺得再丟臉也不過就是那樣了。到了這個境地，人比想像中更強悍。

乾脆死馬當活馬醫，才讓正樹提出如此的請求。

儘管如此，正樹的心中還是充滿了不安。當時是自己氣憤退出，現在又自己說想回去。吉留會怎麼看待這種人？

短暫的沉默之後，吉留終於開口回答：

「正樹。」

做好挨一頓痛罵的心理準備，但抬起臉看見的卻是吉留燦爛的笑容。

「歡迎回來。」

聽見那回答讓正樹愣了好半晌，但不久後發自心底的情感伴隨著笑容浮現。

與吉留道別後，正樹想再度走向自動販賣機，卻發現一名女學生站在暗處。看來似乎正在等著正樹接近。

「嗨，遙香同學，我覺得偷窺不太好耶。」
她呵呵輕笑。
「雖然我不是沒有意見……不過，儘管一波三折，這樣的結果也算不錯吧。」
「妳是指我沒被吉留揍？」
「是說你能回到棒球隊。不要明知故問。」
「啊哈哈。這也是昨天晚上把臉丟光的效果啊。要正視自己是個心胸多狹隘的人，真的讓人很想逃避啊。不過，我覺得那樣也不錯。」
無論誰都有隱藏的本性。
也有缺點。
要承認自己的懦弱，無論誰都會難堪。
雖然難堪，但有些問題不承認就無從解決吧。
也許那是人麻煩的地方，但同時也是成長的契機。
正樹不禁對這番不像自己會有的想法笑出來。
不想再多丟臉了，這樣的想法就深藏在心底吧。
「啊，對了。我想起妳之前講過的話了。」
「我之前講過的？」

「就那個啊，為什麼我要跟妳講那些妄想的理由。」
「喔，你是說在咖啡廳那次，你知道的風間遙香是怎樣又怎樣的那些胡說八道？」
「我終於知道為什麼會跟妳講那些話了。」
「哦，為什麼？」
遙香一問，正樹便低下頭。遙香隱約也猜得出這個空檔是為了凝聚某種決心。
隨後正樹抬起臉。
「雖然只是假裝的，但我之前和妳交往過嘛。」
「唉，在你的認知裡是這樣吧。」
「不過妳突然消失，又說什麼沒在和我交往，讓我覺得和妳之間的關係好像斷絕了。所以我才會一時之間慌了手腳，或者該說是太焦急了。」
「嗯。所以呢？」
遙香以「直接講結論」的口氣催促。
「我後來一直在想自己為什麼會著急，後來才發現。我……」
遙香好奇他接下來想說些什麼而微微歪過頭，下一瞬間，正樹滿臉通紅地說：
「找一天，去約會好不好？」
「……啥？」

遙香愣愣地張著嘴。

「不是啦，我也大概知道妳想說什麼。只是喔，我不是臨陣退縮喔。只是決定要在約會的時候講……」

「我說你啊，你現在不就已經……唉，算了算了。對你有所期待是我笨。」

「為什麼會對我失望啊？理由講清楚啊。」

「我就說算了嘛。所以呢？要去哪裡？」

「咦？我還沒決定。」

「……你啊，都到了這個關頭，會不會太誇張？」

「反正又不需要約會行程之類的。」

「好啦好啦。總之這週六我會空出時間，在那之前先想好吧。」

「話說為什麼妳一定要用那種傻眼的態度啊？喂！」

正樹站在原地目送遙香的背影漸行漸遠，看見她對偶然路過的谷川打招呼。谷川一時之間顯得不知所措，但兩人在簡短交談後便一起走。

看來她似乎也試著想改變自己。維持著真正的自己，同時也維持與人的關係。有一天這將會是自然而然吧。

正樹回想起不久前的自己。

之前退出棒球隊後，自己只是過著毫無起伏的日子。沒有樂趣可言，只是單純打發時間的每一天。若用顏色來打比方，那就是灰色的生活吧。

不過現在不一樣了。

充實的每一天。

青春。

沒錯。

這肯定就是所謂的青春。

燦爛的每一天肯定還會持續下去。

一直永遠持續下去。

正樹這時認為當下的青春會一直延續下去。

◇

接下來的週五晚上。

颱風如同預測路線經過鎮上，狂風暴雨侵襲山間盆地中的小鎮，恣意發揮其破壞力。

那風勢甚至讓整棟房屋都微弱地搖晃，窗戶彷彿下一秒就要被吹破。

在那風雨聲中，遙香在自己的房內寫著一封信。寫完後將信紙放進西式信封內，對著頭頂上的螢光燈高高舉起。

剩下的就只有在當天給他。

起初他一定會疑惑地接下，不過還是會開始讀信。臉上肯定寫滿狐疑。但是越往下讀，表情也會跟著轉為震驚，最後一定會啞口無言。愣愣地半張著嘴，視線因為驚惶而四處游移。他的反應肯定會像這樣吧。

想像著那一連串的變化，遙香就覺得萬分期待。

所以遙香滿心期待著明天的到來。

只希望時間趕快前進到明天。

「對了，乾脆把那個也帶去吧。」

遙香從書桌的抽屜拿出西式信封並打開。裡頭裝著數張明信片。將剛才寫的信紙也放進去之後封起，收進包包。

「一起給他的反應一定比較有趣吧。」

遙香輕笑道，拿著包包走到窗邊。

外頭依舊狂風暴雨。

不過風雨再怎麼大，明天颱風就過去了吧。

沒有任何問題。

就在她這麼想的時候。

窗戶突然劇烈搖晃，大概是外頭的風雨強得超乎想像。彷彿就要碎裂般劇烈搖晃，不對，搖晃的好像是建築物本身？

遙香感覺到地鳴般的搖晃——就在下一個瞬間，劇烈的破壞聲在身旁響起，在遙香意識到那巨響的同時眼前已經陷入一片漆黑。

4．名為風間遙香的少女

颱風過境後——星期六的上午。

正樹一個人站在與遙香約好碰面的地方——冷清的最鄰近的車站。正樹臉上掛著期待與緊張混合的複雜表情。

今天正是下定決心投身決戰的日子。

心中那份非得親口對風間遙香表白不可的想法。

肯定沒有什麼多了不起的原因，不是曾一起跨越生命的危機，也從未一起面對艱難的困境，當然也不曾立下特別的約定。就只是在拌嘴之中度過平凡的每一天。但是像這樣能展現真正的自己，這段關係比想像中更舒適宜人，不知不覺間就發展成特別的情感。

理由就這麼單純。

不過這樣就很夠了。

篠山正樹覺得有風間遙香在的每一天都開心。

所以正樹決定將這份心意告訴她。

想像著今天接下來的約會，胸口的心跳逐漸加快。
第一次的約會會是什麼樣的情境？
還是老樣子忍不住吵起架來？
或者是出乎意料地風平浪靜一起度過？
正樹一邊胡思亂想一邊打發時間，但約好的時間已經逼近卻不見遙香的身影。究竟是怎麼回事？該不會是睡過頭了吧？無論原因如何，萬一遙香遲到可就傷腦筋了。並不是因為正樹不想等人，而是停靠鎮上車站的列車班次不多，萬一沒搭上這一班，下一班就得再等好一段時間。
「那傢伙是在幹嘛啊？」
正樹打電話給遙香，對方卻遲遲沒有接聽。該不會在半路上發生意外了吧？儘管這樣的一抹不安浮現心頭，但正樹立刻抹去那想法，甩頭告訴自己這種事怎麼可能。直到這時，電話終於通了。
「遙香？妳現在人在哪裡啊？」
正樹劈頭就這麼問道，沒想到對方是遙香的母親。正樹連忙道歉，並且請遙香的母親找遙香來接電話。但對方好半晌沒有回答。在正樹莫名其妙地想發問時，手機卻傳出了出乎意料的啜泣聲。

「咦，那個，咦……」

對方突然哭了起來讓正樹手足無措。難道是自己搞砸了什麼嗎？

正當一頭霧水的正樹不知如何是好，對方突然對正樹拋出了一句話。那有如當頭潑下的一桶冷水般，迫使正樹的思考陷入一瞬間的停擺。

「那個……不好意思，可以請妳再說一次嗎？」

正樹的聲音顫抖著。儘管如此提出請求，正樹也不願聽見同樣的一句話。

但遙香的母親哭著回答：

『遙香她……死了。』

故事唐突地開始，又唐突地落幕。

在鎮上規模最大的醫院，少女橫躺在太平間的床上。

房間中只有少女父母的啜泣聲無止盡地迴盪。

時間無聲無息地向前行。

中午時分，正樹衝進太平間。

少年額頭上掛滿豆大的汗珠，先是凝視著床後，不知所措的他對著隨侍在旁的少女的父母低頭行禮，隨後像要撲向床般衝上前去。

臉色慘白的風間遙香躺在純白的床上。

「怎麼會……」

正樹只想把那句話當作謊言，在腦海中一次又一次否定。

今天才約好要第一次約會，而且決定了要向她表白心意。

所以正樹決心在親眼見到事實前絕不相信。

然而殘酷的現實就在眼前。

「為什麼……」

事情來得太過唐突，讓眼淚也無從流下。腦袋一片空白，痛楚緊緊揪著胸口讓正樹難以呼吸。

事情發生在昨天晚上。

颱風帶來的豪雨對著風間家一旁的山頭灌注了大量的雨水，最終富含水分的土壤化作名為山崩的自然災害撲向山腳下的風間家。她的父母在客廳而逃過一劫，但遙香的房間首當其衝。

救難隊挖出埋在泥土下的遙香後立刻就將她送往醫院，但醫生沒有為她急救。因為她早已經斷氣了。

少女的人生就這麼因為突如其來的意外而落幕。

「正樹同學。」

聽見聲音而轉頭一看，遙香的母親就站在自己身旁。臉龐毫無生氣。那模樣簡直像是加上頭髮、眉毛的假人穿著衣服。

「正樹同學，這個可以請你收下嗎？」

她如此說完，將一個西式信封遞向正樹。信封皺得像是曾經被緊緊捏在掌心般，此外泥水的污漬相當顯眼。

「這個是？」

「裝在遙香緊抓的手提包裡面。署名是寫給你的。」

從泥土中被挖出來的時候，她似乎仍緊抓著手提包。

正樹打開信封仔細一看，裡頭裝著一張信紙與六張明信片。這究竟是什麼？正樹納悶地皺起眉頭，先是大致瀏覽明信片。

「這個是……」

「是的。那些明信片我也曾經猶豫該不該交給你，但最後還是希望你收下。」

在正樹為了確認而發問之前，遙香的母親開口說道：

「雖然升上國中的時候已經穩定許多，但這孩子因為天生的疾病，在小時候有一段時期必須靜養。」

遙香的母親細數過去般娓娓道來，彷彿要排遣寂寞。

「所以她從小就時常請假沒辦法上學。結果在國小好像也沒什麼朋友，總是一個人在房間裡發呆度過。」

就在這時，一張明信片寄到家中。

那張明信片來自比她大七歲的高中生。似乎是打算寄到奶奶家卻寄錯地方了。

「不過這孩子看了明信片上的內容後說了：好好喔，感覺好開心喔。那張明信片寫著那個高中生和許多朋友一起玩，灌注所有心力在喜歡的棒球上。看完之後，那孩子說什麼一定要告訴人家這張明信片沒寄到奶奶手上，問我信該怎麼寫之後，自己寫了回信。」

當時的遙香認為彼此之間的關係會就此結束。

但是——

「但是沒想到，那個高中生回信了。老實說，我那時覺得不要理會比較好。因為明信片上寫著希望之後也繼續聯絡的內容。不過遙香說她想試試看，我只好試著聯絡對方在明信片上寫的電子郵件信箱，但好像沒人使用。那孩子說那用信件往來就好。於是我就以不可以詳細告知我們的資訊為條件答應了她。不過對方已經知道我們的住處就是了。」

於是遙香就為了認識對方，要求對方提供個人資訊。

「回信立刻就寄到了。上面寫著對方的年齡與現在的學校、喜歡和討厭的事物、興趣和擅長的事，也寫了喜歡的女星的名字。剛好那時這孩子發現自己的頭髮留得太長了，於是就改成了和對方信中提到的那個女星同樣的髮型。」

遙香在回信中寫上自己喜歡吃的東西等等，最後詢問對方平常的生活。

回信同樣馬上就收到了。

「上頭就如同那孩子所要求的，寫著對方的生活情景。和朋友一起過著快樂的學生生活，和朋友討論戀愛問題，還寫著要是交到女朋友希望對方能為他做便當等等。那孩子就當真了，覺得原來女朋友就該這樣啊……」

遙香在信中寫上感想與疑問後回信。

「對方的回信總是很快，而且內容也沒什麼特別的。到這時我也覺得放心多了。下一次送來的，我記得同樣是如果交到女朋友，希望能一起上下學之類的內容。內容老樣子稀鬆平常，我也覺得沒必要再親自確認了，於是我就沒有檢查那孩子下一次寫的回信內容。不過對方的回覆寫道，真正的自己就好，一定會有人能接受真正的妳。我才知道那孩子好像和對方討論了自己的個性。老實說，我這個做媽媽的也覺得她嘴巴太毒，我也很擔心這樣下去她會交不到朋友。就在我正想要慢慢讓她改過這缺點的時候，收到了這樣的回信。所以我就不准她再繼續與對方聯絡。不過那孩子似乎很不滿，雖然也不是完全不聽我的話，但就是頑固地遵守著『真正的自己就好』這句話……」

於是嘴巴不饒人的遙香就那樣長大了。

「那個筆友自稱篠山正樹，和你同名同姓而且好像同樣住在這個鎮上。當知道同班同學中有這麼一個男生，那孩子和我都有種命中註定般的感覺……不好意思，雖然和你應該沒有關係，但那些明信片可以請你收著嗎？」

「……」

正樹甚至忘記回答，只是圓睜著雙眼。

剛才她所述說的過往，就和正樹與高尾晶信件往來的內容完全一致。

正樹低頭凝視手邊的明信片。寄件人是篠山正樹，收件人是高尾晶。內容則和正樹之前寫的內容一字不差。

那毫無疑問是正樹之前寄給高尾晶的明信片。

「為什麼，怎麼會……」

正樹看向遙香的母親。

「不好意思，我想請問一下，剛才說的那些，是什麼時候的事？」

「應該是七年前。因為那時遙香是國小四年級。」

「請、請稍等一下。所以這些明信片難道是在七年前收到的？」

「是啊。是這樣沒錯。」

遙香的母親清楚地回答。

儘管如此——

「那個，不好意思像這樣一直問。這封明信片明明是寄給高尾晶小姐……」

在疑問出口的同時，最可能的答案已經浮現腦海。

前些日子拜訪風間家的時候，正樹已經見過掛在玄關旁的門牌。上頭寫著三名家族成員的名字，其中包含了風間遙香與風間晶。

遙香的母親露出苦笑，看向身旁一直保持沉默的丈夫。

「我啊，那時其實是單親媽媽。啊，不過我一直和這個人同居，實質上像夫妻一樣。後來在他調職的時候才結婚，姓氏變成現在的風間。」

「所以在那之前就是……」

「是的。原本姓高尾，高尾晶。我讓遙香在和對方交流時用了我的名字。畢竟對方是素昧平生的陌生人，我想保護那孩子才這麼做。」

正樹不由得舉手按住自己的額頭。

自己寄出的明信片其實送到了七年前的她手上。這究竟是怎麼回事？簡直莫名其妙。

「這到底是怎麼搞的……」

儘管正樹抱頭苦思，但答案其實已經浮現心中。剩下的問題只有正樹自己能否接受當下的現實。

將遙香的母親所說的一切統整起來，可得知至今為止發生的「現象」是因為篠山正樹寄出的明信片內容影響了過去的風間遙香才會發生。

換言之，「現象」不是實現心願也不是平行世界，而是改寫了過去。

因為提到了個性，她的個性就突然改變了。

因為提到了上學，她就突然說上學時要一起走。

因為提到了做便當，她就帶著便當來到學校。

因為提到了髮型，她就剪短了頭髮。

最後——

「那個，我可以再問一件事嗎！」

正樹不由得激動地問道。

「剛才提到了調職的事，現在的住處也是在那時搬進去的？」

「嗯，是這樣沒錯……剛好是遙香升上高中的時候，算是個好機會。」

「搬家就是搬到這個鎮上？」

「是這樣沒錯。」

果真是這樣——正樹嚥下唾液，詢問最關鍵的重點。

「那個，在搬家前，遙香同學有沒有提出什麼請求之類的……」
「咦？啊，聽你這麼說……」
遙香的母親開口說道。
遙香得知父親職務調動的地點後，發現那距離過去的筆友篠山正樹所住的地方不遠——就在鄰鎮，因此提出請求想進入和他同一所高中就讀。
「因為沒辦法拒絕那孩子的請求，才會搬進現在那個家，沒想到……」
遙香的母親如此說完，悔恨地緊咬著嘴唇，大顆的淚珠劃過臉頰。
正樹也明白她的心情。
雖然明白，但現在不是正樹哭泣的時候。
正樹的腦海中浮現了一種可能性。
不對，就連有沒有可能性都很難說，但肯定有嘗試的價值。
正樹向遙香的雙親低頭行禮後，把西式信封與一整疊的明信片塞進褲子的口袋，拔腿衝出了醫院。
目標是自己家。
使勁踩著腳踏車踏板，正樹回顧過去。

為什麼高尾晶寄來的回信總是在不知不覺間放在自己的金屬盒裡？

那大概是因為七年前遙香收到明信片後，從正常的途徑寄出回信給當時的正樹吧。而收到信的正樹雖然不知道高尾晶是誰，但還是將之一一收藏在金屬盒內。那些回信在七年後——現在才會出現在正樹的手中。

而現在的問題是，要如何才能將明信片寄到過去。

不過這個問題已經得到答案。

這個鎮上的傳說。

就是那個。除此之外沒有其他可能。

利用那個，再度改變過去。

改變過去以避免風間遙香的死亡。

正樹知道這樣的想法並非奠基於現實中的常識，但現在除此之外已經別無希望可言。既然只有一線希望，那就只能耗盡全力死命抓住。

正樹懷著決意加快腳踏車的速度。

抵達自己家，正樹連滾帶爬般衝上二樓的自己房間。在一樓的母親問他究竟是在慌張什麼，但正樹沒空理會。提起筆，將七年前的賀年卡擺在書桌上。

「……」

這時正樹停下動作。

要寫什麼才好？

該怎麼寫，才能讓她免於這樣的命運。

七年前的賀年卡還剩兩張。

當然如果算上今年的賀年卡，這樣的張數限制應該不存在。但是考慮到七年前的賀年卡寄到七年前的她手上，恐怕今年的賀年卡派不上用場。雖然無法斷言肯定不行，但也無法否定。不過就現況而言，認定今年的賀年卡同樣能寄到七年前未免過於樂觀。

所以一定要用剩下兩張解決。沒有犯錯的餘地。

深呼吸後，正樹下定決心。

寫下能寫的所有細節吧。

包含當下的異常現象，寫下篠山正樹經歷的一切。過去的改變、交往、對她的感謝，以及死亡。彷彿要塞滿整張明信片般奮筆疾書。

隨後正樹帶著筆與最後一張明信片衝出家門，跨上腳踏車，使勁不斷踩著踏板。胸口彷彿失火般熾熱，雙腳疼痛得幾乎失去感覺，儘管如此還是不斷踩動踏板，絞盡所有的力量。連一秒鐘都嫌浪費，只管往前奔馳。衝向目標拯救她。把這份意志轉換成能量注入踩動踏板

的雙腿。

抵達那個郵筒時，正樹甚至覺得反胃。

儘管如此，能救她一命就好。從口袋拿出明信片，再次確定這是剛才寫好的那張，投入郵筒。

沉默。寂靜。

正樹環顧四周。

沒有變化。

不過這不重要。

正樹原本就不認為四周會立刻有變化。

正樹拿出手機，找出遙香的手機號碼。

只要她接起電話，就沒問題了。

假設沒接，也還有存活的希望。

最糟的是她以外的人接聽，甚至再次向正樹告知遙香的死亡。

撥號聲響了許久，電話終於接通。

「是遙香嗎！」

正樹不由得拉高音量。

但是——

『正樹同學？呃，有什麼事嗎？』

接聽的人是遙香的母親。

「不好意思。那個，遙香同學她……」

『不好意思，正樹同學，現在可以不要開這種玩笑嗎？不久前你不是也見到了嗎？不好意思。』

通話就此結束。

正樹凝視著手機愣了好半晌。

為什麼？

為什麼沒有變化？

努力驅策腦袋運轉，正樹這才回想起。

起初篠山正樹的明信片上寫的淨是些日常瑣事，遙香的母親才會放心讓她交筆友。但是一提到個性的問題，遙香的母親就不准遙香與正樹繼續往來。

雖然這完全只是猜測，但七年前的遙香的母親讀了這次的明信片後，一定會判斷那內容不該讓女兒看見吧。

確實這樣就合理了。

那種寫滿改變過去、曾交往過等妄想情節的明信片，有誰會讓自己念國小的女兒看？

「可惡！」

正樹使勁揮拳敲在郵筒上。

無論要送出何種內容，肯定會先經過母親的檢查，無法抵達遙香的手上。

要怎麼寫才能讓明信片送到她手上？

還剩一張。

已經沒有失敗的機會。

乾脆寫些下流至極的字眼，讓遙香的母親堅定拒絕遙香搬到這鎮上的請求？只要不搬來這個鎮上，遭到土石流襲擊的現實本身也會跟著改寫。

「不對，這樣也不行吧。」

剛才那封明信片的內容已經夠瘋狂了。儘管如此，風間一家人還是搬到了這個鎮上，恐怕母親最後還是敗給了女兒的堅持。這是當然的吧。因為剛才那封明信片被母親攔下而沒讓遙香讀過，所以她無從得知篠山正樹的異常。

那麼該怎麼做才好？

只能寫成母親願意讓女兒讀的內容嗎？

但是這種事真的可能嗎？

多麼溫文儒雅的寫法才行得通？

不行，目的終究是告知她的死亡命運，內容怎麼可能稀鬆平常。

「……嗯？等一等。」

或者是，讓風間家不願意搬到這鎮上？

這樣就對了。

讓母親不想搬到這個小鎮，這個方向行不通。

但只要讓女兒本人這麼認為就沒問題。

讓遙香不願意來這個鎮上就可以了。

從這個方向出發，主要會遭遇兩個問題。

一：因為提到個性的問題，遙香的母親對於筆友篠山正樹這個人的態度已經轉變為否定。要如何突破母親的檢查。

二：因為當時的遙香對篠山正樹懷抱著憧憬，才會希望搬到這個鎮上。這個問題該怎麼解決。

必須想出能同時解決這些問題的文章。

但是無論再怎麼想還是想不出答案。也許可能辦到的草案不是沒有，但終究無法得到必定能拯救她的信心。

難道就只能不管三七二十一寫了寄出去嗎？

不，肯定有某種讓自己確信能成功的文章存在。現在只是欠缺線索。找到那個線索。摸索啊，思考啊，動腦去想啊。

那有如沒有根據的希冀或願望。

宛如在黑暗中想找出途徑通往不知是否存在的光明。

但除此之外別無他法。最後一張明信片，正樹沒辦法輕率寄出。正樹當然辦不到，因為她的生死就賭在這張明信片上了。

但是——

「啊啊啊啊啊！可惡！」

正樹煩躁地使勁用雙手搔著頭髮，放聲吶喊。

儘管意志堅定，腦袋卻想不到任何好辦法。

果然現實是殘酷的，總是無法順心如意，只是冷漠地將事實推向眼前逼人直視。

難道自己非得接受她的死不可嗎？或是乾脆豪賭一場？

正樹垂著頭，從口袋中抽出了那一疊明信片。與遙香的回憶彷彿就藏在那之中，也許是想藉此找尋精神上的立足點吧。

就在這時。

正樹發現西式信封跟著從口袋掉落，彎下腰撿起來。那是遙香的母親交給他的西式信封。這時正樹才回想起她說過裡頭還有一張信紙。

正樹打開信封，拿出對折的信紙，在眼前打開。

不知為何，有種在看遺書的感覺。

內容如下——

給篠山正樹：

當你讀這封信的時候，也許我不在你面前吧。要說為什麼，說起來我會寫這封信，就是因為覺得當面告訴你實在滿害臊的。

那麼，就切入正題吧，而且是從結論開始說起。

我就是高尾晶，是你書信往來的對象。不過正確來說是七年前的我。也許你會覺得我突然發神經了，但這恐怕是事實。

原因是前些日子我從你口中得知了你身旁發生的一連串奇異現象。當時我知道了你曾寄明信片給名為高尾晶的人，讓我有種近乎確信的感覺。

你就是我當初憧憬的「篠山正樹」。

我很開心。能見到憧憬的對象，真的很開心。

但是正因如此，我也對你很失望。

因為你過的日常生活與我當初憧憬的「篠山正樹」全然不同。換句話說，我心目中的「篠山正樹」變成了一個騙子。

但是，在我得知你的真正想法以及煩惱時，我有一種命中註定般的感覺。

因為，我已經知道你需要的那句話。

「展現原本的自己不是很好嗎？做真正的自己不也很好嗎？我想大家也一定會接納那樣的正樹。」

而你也回答了跟當初寄給高尾晶的明信片內容完全相同的話。

在那個瞬間，我真正見到了當初憧憬的那個「篠山正樹」。

所以我想告訴你，謝謝你。

除此之外，還有一份心情想告訴你，之後我會親口說出來。

風間遙香

正樹咬緊嘴唇，緊抓著手中的信紙。滿溢的眼淚止不住地爬滿臉頰。身體剎那間失去力氣，癱軟地倚著郵筒。胸口彷彿被勒緊般無法呼吸，令他不由得呻吟。

該道謝的是自己才對。

她已經拯救了自己。

如果沒有她，自己肯定依舊過著灰色的每一天。

所以正樹希望她能活著。

這種結局正樹絕不允許，也絕不承認。

這次輪到自己拯救她了。非得成功不可。

將意志注入雙腿站起身，下定決心斬斷與她之間的關係，正樹二話不說開始行動。無論做些什麼都好，若非自己主動採取行動，變化就不可能造訪。這是理所當然的道理。

正樹首先拿出正樹的母親交給他的明信片——篠山正樹寄給高尾晶的明信片，一一重新讀過。

也許打破現狀的線索就藏在裡頭。

一定要找出其中的可能性。

第一張：寄給奶奶的近況報告。

第二張：請求與高尾晶維持交流。

第三張：篠山正樹的自我介紹與喜歡的髮型。
第四張：提到戀愛諮詢與便當以及篠山正樹的日常生活。
第五張：為了實驗而寫著如果交到女朋友想一起上下學。
第六張：對於個性的煩惱，回答對方維持真正的自己最好。
像這樣重新讀過一次，正樹也訝異自己竟能如此謊話連篇。炫耀自己過著燦爛的青春生活，臉不紅氣不喘說什麼真正的自己最好。臉皮之厚令正樹差點陷入自我厭惡。
然而高尾晶——遙香卻說信中那虛假的篠山正樹是她的憧憬。現在正樹必須送出能抹消那份憧憬的文章。就如同遙香在信中提到的那樣，必須讓她「失望」才行。
「失望……？」
正樹剎那間屏息。
風間遙香因為對篠山正樹懷著憧憬，才會趁著父親調職時要求搬到鎮上進入同一所高中。而在學校內真有一位名為篠山正樹的學生，彷彿命中註定般恰巧也是棒球隊的一員。但是在高中二年級暑假結束時，少年退出了棒球隊，開始過著渾渾噩噩漫無目標的生活。
於是風間遙香失望了。
才會用那樣辛辣的態度對待篠山正樹吧。
也許是無法原諒正樹玷汙了她心中憧憬的篠山正樹。

但是，希望會不會就藏在這裡？

正樹察覺這一點，不禁苦笑。

「如果這世界上真有神明……」

那傢伙肯定個性比誰都惡劣吧。

居然準備了這種命運，肯定惡劣到連遙香也退避三舍。因為要拯救她的方法，就是「讓風間遙香對篠山正樹失望」。

只要讓遙香的憧憬幻滅，別說是進入同一所高中，風間家甚至不會搬到這個鎮上吧。同時肯定也能通過遙香母親那一關，因為能抹消遙香對篠山正樹的憧憬。

除此之外別無他法。

內容就是暑假後的篠山正樹的日常生活。

只要寫下事實，遙香肯定會發現過去的明信片內容都是謊言而失望。得知篠山正樹這個人的真面目，憧憬肯定會幻滅。

好歹也與她度過了一段時光，正樹有自信。她絕對會失望。

正樹寫下那些內容，因為將明信片壓在圓形郵筒上書寫，字寫得歪七扭八。

不過這樣也無所謂。把該寫的內容全部寫完，這樣就夠了。

寫完後，正樹再次檢查內容。沒問題。肯定行得通。隨後他便將最後一張明信片送到郵筒投寄口前。手指不停顫抖，大概是害怕吧。儘管確信這內容絕對能改變過去，還是不由得想像著萬一失敗的可能性。這次失敗了，冰冷的她依然躺在太平間，自己真能接受那樣的現實嗎？恐懼令心跳為之紊亂。

在正樹就要鬆開手指，突然一抹不安掠過心頭。

這張明信片真的能送到遙香手上嗎？

內容沒問題。

肯定能讓遙香失望，也能通過遙香母親的檢查才對。

不過，如果遙香的母親沒讀過內容就把信件丟棄了？

再說就現況而言，遙香的母親對七年前的篠山正樹全無好感。接到篠山正樹再度寄來的信件，是不是有可能沒看過內容就直接丟棄？

大概不會吧。一定沒問題的。

但是正樹沒辦法將她的性命賭在「大概」上。

來到終點撞見了莫大的阻礙。在最後的最後，最嚴苛的障礙阻擋在眼前。

「我以為應該行得通耶……」

正樹咬緊了牙。

該怎麼辦才好？

要怎麼做才能突破最後的難關？
正樹想不到。但是相信在某處肯定有解決的線索。
如果不相信可能性存在，要如何拯救她？
一定要救她一命。非得成功不可。
這時正樹喃喃自語。
「……她……是誰？」
篠山正樹究竟是想拯救誰？
毫無疑問是遙香。對象是風間遙香。
但正樹卻覺得哪邊不太對勁。理由搞不懂，但是那感覺莫名地揮之不去。雖然不是重大的矛盾，但就是有種不知何處出錯的感覺。
想法沒有伴隨行動的感覺。
正樹為了消除這模糊的疑問而苦苦思索時，突然彷彿受到指引，視線再度往下挪至手邊那疊明信片。而那正是最初的——也就是正樹寄給奶奶的那張明信片。
一連串的事件始於寄給奶奶的明信片。不只內容充滿謊言，收件人也不是遙香。
因為這張明信片……
「對了。沒有一張是寄給遙香的。」

正樹突然察覺，一一翻過每張明信片後，重新整理想法。
至今為止沒有任何一張寫著「遙香收」。
起初是奶奶，後來是高尾晶，收件人一直都是錯的。
但這樣真的可以嗎？
收件人依舊填「高尾晶」真的可以嗎？
內容已經寫上真正的現況，名字搞錯也沒關係嗎？
不是要坦誠事實嗎？
正因為過去每次寫的都是錯誤的名字，在最後的最後難道不應該寫上真正的對象？
既然如此，收件人是不是該把「晶」改成「遙香」？
「可是那樣的話……」
與篠山正樹書信往來的對象是高尾晶。篠山正樹理應不知道遙香這個名字。
這時突然寄出了給遙香的明信片，簡直不合常理。
常理無法解釋。
況且一旦收到這樣的明信片，只會讓遙香的母親更加提高戒心吧。一定只會讓明信片最終抵達遙香手上的可能性減低。
「……等等，應該不會。」

正樹轉念一想。

這張明信片若沒有機會讓遙香的母親讀過，最終就不可能抵達遙香手上。既然如此，故意寫上遙香的名字會不會是有效的手段？

站在遙香母親的立場來想，如果再次收到來自篠山正樹的明信片，由於上次那封明信片內容簡直像胡言亂語，自然也會萌生連讀都不讀直接扔掉的心情吧。但如果明信片的收件人寫著「遙香」的名字呢？她一定會因為對方得知女兒的名字而憂慮。遭遇無法理解的現象，重視女兒的她一定會讀過明信片的內容。

「一定會讀的。她一定會看過。」

那樣關心女兒的母親，絕對會忍不住讀過內容。而實際上一讀，她會發現上頭寫著篠山正樹的真面目，寫著他絕非值得憧憬的對象。那內容會讓她願意把明信片交到遙香手上。

這就對了。除此之外沒有別的方法。

正樹認定萬無一失，立刻將收件人的名字改成遙香。

好了，這樣一切準備都就緒了。

辦得到。沒問題。

這次肯定行得通。真的是最後一次了。

正樹開始行動，將最後一張明信片遞到郵筒前。

若不行動，接下來的每一天就不會發生變化。

這正是遙香教導正樹的。

某一天突然出現，搗亂了篠山正樹的日常生活。儘管如此經過一番波折後，讓正樹下定決心回到棒球隊，告訴他開心的日常生活仍然存在。

因此——

「求求祢！」

寄出。

正樹祈禱般雙手合十。

過了好半晌他才發現，原本放在身旁的那一疊自遙香母親手中接過的明信片與信紙，以及西式信封突然不知去向。

察覺有所變化，正樹立刻拿出手機，在電話簿中尋找風間遙香的名字。

但是找不到。

為了確定而撥電話給由美。在撥號聲第二次響起時她接起電話。

「由美！我有事要問妳！」

『怎、怎麼了啊？幹嘛這麼慌張……』

「妳認不認識風間遙香？」

『咦？不認識。誰啊？很有名嗎？』

「妳確定真的不認識吧？」

『嗯、嗯。不認識啊。那是誰？』

「沒什麼。不認識就好……啊，順便問一下，妳知道昨天山崩的事嗎？」

『喔，那個我知道啊。聽說是正在找房客的空屋遭殃，沒有人遇難。雖然蓋那棟房子的人很倒楣，不過總比有人出事好。』

「這樣啊。妳說的對……」

『什麼什麼，你怎麼了？怎麼聲音聽起來很累啊？』

「沒有啦，沒什麼。真的謝啦，就這樣。」

留下這麼一句話便掛斷電話，正樹安心地吐出一口氣。

「……啊啊，太好了。」

風間遙香恐怕沒有搬來這座小鎮。

然後山崩沒有人遇難，那戶民房現在是空屋。

有這麼大的變化，應該可以放心了吧。

沒問題。

她還活著。

肯定還在某處好好活著。

正樹仰望天空，放鬆全身的緊張再度嘆息。

同時，正樹決定將與她之間的回憶當作一場短暫的夢。

因為一切的起點在於正樹的明信片，才會讓風間遙香搬到這個鎮上。

所以現在只是恢復了原狀。

風間遙香本來就不該存在於這個鎮上。

這才是真正的現實。篠山正樹與風間遙香的關係就此斷絕。

颱風過境後的天空一碧如洗。

如果青春真有顏色，大概就是這樣的藍色吧。

所以了——

篠山正樹大概還沒真正體驗到何謂青春吧。

因為現在充滿心頭的是安心，以及灰濛濛的寂寥。

總有一天心中這片陰霾也會放晴嗎？

正樹懷著這樣的心情向蒼天如此問道。

5．P.S.……

隔天星期天，正午剛過。

正樹穿著棒球隊的制服回到家中。假日的練習結束了，母親提醒正樹不要帶著渾身泥巴就進房間，不過正樹沒理會。雖然覺得自己不好，但現在實在累壞了，只能請老媽多多擔待了。正樹拉開房門走進房內。

「啊，辛苦啦。」

「……妳為什麼在這裡？」

由美在房間裡，一面看電視一面吃著零食。

「你要問為什麼，因為閒著沒事啊……」

「那妳去傳說研究會打發時間不就好了？」

「啊哈哈。現在又不是暑假，你覺得那個社團在普通假日也有活動嗎？」

「不覺得。」

「對吧？況且夏天的時候我是去吹冷氣避暑，現在天氣也漸漸轉涼了啊。哎呀，不過等寒流來又得去那邊了。」
「這樣喔。話說妳現在能不能先出去？我要換衣服。」
「那就沒辦法了，我就出去吧。」
由美站起身，但在踏出房門前停下腳步。
「啊，對了。正樹，這個拿去。」
將信封遞到正樹眼前。
「我又好心幫你收信了喔。」
「是喔，謝啦……」
正樹本來想向她抱怨，但這位少女恐怕不會反省吧，或者是根本不懂到底哪裡有錯。就這方面來說，青梅竹馬這種太過親近的關係也有缺點。
正樹首先看了信封上的收件人，上頭寫著篠山正樹。寄件人是奶奶。
「奶奶又寄信給我……」
這時，正樹突然想到一件事，轉身從由美身旁跑過，衝向一樓。拿起室內電話的話筒，撥出電話後對方馬上就接起了。
「啊，是奶奶喔？現在可以講電話嗎？我打電話找奶奶是有些事情想問。」
正樹如此起頭後，立刻進入正題。

現在奶奶居住的那間房子之前的住戶。奶奶也許認識那戶人家。

若要認識現在的高尾晶——風間遙香，正樹想到奶奶也許能提供線索。

奶奶顯得有些納悶，但還是回答：

『雖然我只知道一些鄰居們口中的消息……』

之前住的是一對姓高尾的母女，還有一位姓風間的男人，一共三個人。但是在大概一年半前，母親與那男人結婚，隨即搬離該處，之後去向不明。

「這樣啊，謝謝奶奶。」

正樹以開朗的語氣道謝，心中失落地嘆息。

看來果然還是沒辦法得知她的現況。

『話說回來，最近你常常打電話給我啊。明明這幾年都不來給我看一下。』

奶奶挖苦的玩笑話讓正樹只能苦笑。

『今年的夏天過得如何？應該很累人吧？』

「算是吧。像是幫久司搬家，還有棒球隊的事……不過，奶奶為什麼突然問起這個？」

『也沒什麼，只是覺得你也許被捲進不可思議的事件裡。』

「……咦？奶奶怎麼會知道？」

『果然真和我想的一樣啊……嗯，這該從哪裡開始講起。正樹知道鎮上那個廢棄神社的故事嗎？』

「知道。聽說是反對神社合祭的當地居民把神社拆掉了。」

『啊哈哈，流傳到現在變成這樣喔。』

「……是怎麼回事？」

正樹一問之下，奶奶便將傳說的真相一五一十托出。

由於要維持那間神社需要經費與人力，大人們計劃將產土神轉移至鄰鎮的神社合祭，另一方面，年輕一代則認為絕對不能將產土神交出去，雙方之間爭執不下。但由於當時是戰爭時期，年輕人為了兵役紛紛離開家鄉。大人們便趁隙推動計畫，最後完成了合祭的儀式。

『而奶奶跟爺爺當時都是反對派。』

沒想到奶奶竟然是當事人。

根據奶奶所說，奶奶和爺爺當初都投身於反對運動。但是在包含爺爺在內的年輕男子們為兵役而離開小鎮的空檔，老一輩已經完成了合祭。

『不過，這件事背後還有一個祕密。其實啊，產土神沒有搬到其他土地喔。』

「不是合祭了嗎？」

『對。因為奶奶偷偷準備了一個神龕。』

趁著年輕男人不在的時候推動合祭的計畫。聽聞這樣的消息後，明白光靠剩下的人已經無法阻擋，既然如此就搶先將產土神移到其他地方，便將產土神請到自製的神龕中。

『順帶一提，那個神龕就位在神社境內的雜木林。』

這時正樹突然想到。

每當將明信片投入那郵筒時，總會感覺到一股不明的視線。該不會那視線就是來自坐鎮於神龕內的產土神吧？

正樹搖了搖頭，這樣的猜測現在先放一旁。

「先等一下。所以說奶奶擅自改變了神明的住處對吧？這樣不是很不敬嗎？實際上後來鎮上也開始發生不可思議的現象。」

正樹對奶奶的行動力感到不知所措，奶奶反而以開導般的語氣說道：

『正樹，你要知道，神明是超越人類的存在。但人類卻擅自認定神明正在生氣或覺得開心，這種想法才叫傲慢不敬吧？』

「這樣講也是有一點道理啦……」

『況且，也是託這件事的福，正樹才會誕生在這個世界上喔。』

在爺爺出發從軍之前，奶奶收到了爺爺寄來求婚的信，奶奶決定在爺爺活著歸來時給他回覆。但在有一天，爺爺的死亡通知寄到了鎮上，因此絕望的奶奶為了至少將求婚的回覆送到爺爺家而將信件寄出。於是在戰爭結束後，爺爺活著回到了鎮上。

『爺爺把奶奶寄的那封信帶到了戰場上，告訴自己有未婚妻在等所以絕對不能死，賭上一口氣也要活著回來。』
「咦？那是什麼意思？不是因為死亡通知搞錯人了？」
『更正確來說，事實變成死亡通知根本就沒有寄到鎮上喔。』
「那意思是……」
『過去改變了。所以那種不可思議的現象如果沒有發生，奶奶和爺爺就沒辦法結婚，正樹也不會誕生喔。』
「……」
超乎想像的事實令正樹啞口無言。
因為篠山正樹本身的存在就是以改寫過去為前提。
這麼想，也許夏天那一連串事件也是註定的命運吧。
『呵呵呵，真的是命運嗎？』
奶奶別有用意地笑著說道。
「什麼意思？」
『今年夏天，奶奶這邊收到了一張賀年卡。』
「夏天收到賀年卡……？」

『上面是這樣寫的，要我寄信向篠山正樹詢問近況。把信讀完之後，奶奶我突然就察覺了——這一定是從未來寄來的。』

先等等。

今年夏天，正樹從奶奶那邊收到了一封詢問近況的信。當時自己認為恐怕是太久沒去見奶奶讓她擔心了，沒想到背後居然藏著這種祕密。

但正樹搞不懂究竟是誰寄了那封賀年卡。

那人究竟會是誰？

換個角度想，正樹是因為那人寄的賀年卡才會被捲進這一連串的事件。

「所以說，那個人到底是誰？」

『不知道，究竟是誰呢？不過奶奶能為正樹做的只有一件事……最近有沒有收到奶奶寄的信？』

「咦？剛剛才收到……」

正樹打開手邊的信封，裡頭裝著全新的空白賀年卡，而且是今年的。

『今年用剩的賀年卡，這就先交給正樹了。隨便你怎麼用。』

「隨便我怎麼用……該不會……」

正樹倒抽一口氣想詢問真相，但在那之前奶奶先開口了。

『奶奶差不多該上醫院了，要掛電話了喔。』

「呃，等一下，寄那張賀年卡的人——」

但電話已經掛斷了。

恐怕奶奶是故意不回答吧。那麼繼續追問下去她肯定也不會回答。

儘管心中明白，但正樹還是依依不捨地直盯著話筒瞧。究竟是誰寄賀年卡給奶奶的？正樹想解決這個問題。但同時正樹也理解，自己手中正拿著那張賀年卡。

果然寄出那明信片的人就是……

就在這時，門鈴響了。

正樹回過神來看向玄關。緊接著傳來的是母親喊道「我現在分不出身，你去應門」。正樹心中想著這種時候居然剛好有客人來，我正忙著想事情，可不可以晚點啊。但他還是回答母親「知道了」。

門鈴再度響起。

正樹只好先把滿腦子的疑問放到一旁，放下話筒走向玄關。

「來了來了。馬上來。」

拉開玄關大門，站在門後的是——

「咦？」

正樹愣在原地動彈不得。

站在眼前的是長髮過肩的同齡少女——風間遙香。

「為什麼……」

正樹下意識地喃喃自語，但立刻緊抿嘴脣。

將感動硬是推回心底。如果覺得想哭就要把眼淚塞回眼底。

現在的對方可不認識自己，所以千萬別把感情展現在臉上。

「嗯？你問為什麼是什麼意思？」

「不，沒什麼……那個，請問妳有什麼事嗎？」

對她用上敬語，總覺得彆扭。

「我有一件事想請教一下。」

「嗯。請問是什麼？」

「請問篠山正樹先生現在在家嗎？」

「咦、呃，那個……」

面對面凝視著不知所措的正樹，遙香突然挑起嘴角。

「該不會……你就是篠山正樹先生？」

「——！」

正樹不由得倒抽一口氣，在心中暗叫不妙。

但這時正樹回想起，在她的認知中篠山正樹應該比她大七歲才對，便強裝鎮定面對她，但是——

「果然是這樣。你就是篠山正樹吧？」

遙香一語道破，隨即將正樹從頭到腳打量了一遍。

「哦～～七年前收到的最後那張明信片上寫你退出了棒球隊，但是看你現在穿著制服，應該是回到了棒球隊吧？」

「咦？為什麼妳會……」

太奇怪了。這台詞從現在的遙香口中說出，不管怎麼想都不合理。要說出剛才那句話，前提是知道送達七年前遙香手上的明信片出自現在的正樹。

但這究竟是為什麼？

遙香不理會無法理解當下狀況而困惑的正樹，逕自說了下去。

「七年前，我的確很羨慕篠山正樹的青春生活。但是當我收到最後那張明信片時，我很失望。因為我得知了那些都是謊言。」

「……！」

「不過，事到如今那些都無所謂了。反正在學校裝好學生的我也沒什麼資格批評。更重要的是……」

遙香意味深長地微笑，從口袋拿出八張明信片。

「當時我收到的明信片只有七張。但在很久以後我才知道篠山正樹寄來的明信片其實一共有八張——大概是在一年半之前，我爸的調職地點決定後，我在準備搬家時，找到了我媽一直藏著的那張。那是在最後那張之前寄到的第七張明信片。內容真的非常誇張。因為上頭寫了些什麼改變過去啊，曾經交往啊，最後還寫說我已經死了。我媽當時沒拿給我看，我覺得是理所當然。不過她還是把明信片收著沒有扔掉。該怎麼說才好，不管內容怎麼樣，但信紙和明信片都藏著當事人的心意嘛……就這張，要看嗎？」

她遞給正樹的是第七張寄出的明信片。

為了不讓遙香死去，寫上一切真相的那張。

「老實說我讀的當下簡直嚇壞了，只覺得這個人腦袋有問題。不過有幾個讓人好奇的問題。首先，這個是所有明信片共通的，不知為何全部都貼著兩圓郵票。七年前明明就不需要。但是直到現在，我才發現那個可能性——對，明信片來自未來的可能性。」

她自己這麼說到一半，卻又彷彿無法置信般笑了起來。

「就常識來說絕對不可能。雖然我喜歡科幻小說，但也不至於會相信這種事。不過我還是決定稍微調查一下。寫在那張明信片上，發生在篠山正樹所住的小鎮，十月的事件。山崩襲擊了某間民房。於是……」

遙香得意地笑了。

「還真的找到了。換言之那封詭異的明信片的內容，完全說中了。到了這地步，我也開始有一點相信了。話先說在前頭，只是一點點而已——不過，在相信後重新讀過那張明信片，我能感覺到他當時的激動。知道那個人非常努力，想要保護我，知道那個人很重視我的安危。他的心情很清楚地傳達給我。所以，我喜歡那張明信片喔。」

聽到一半，正樹已經伸手壓著雙眼。若非如此，眼淚彷彿馬上就要掉下來了。

真的傳遞給她了。

儘管她不知道，但她能理解自己當時不顧一切的心情。

儘管她不知道，但她收到了自己那份名為喜歡的感情。

喜悅的眼淚潰堤了。

遙香看著眼淚掉個不停的正樹，嘆氣說道：

「你是要哭到什麼時候，大騙子。」

剎那間，正樹不由得破涕為笑。

「少囉嗦，專找麻煩的傢伙。」

正樹用袖子抹去眼淚，使勁深呼吸。抬起臉再度與她正面相對。

一切始於寫滿謊言的明信片，揭露真相讓兩人的關係就此斷絕，所以正樹也以為不會有機會再相見。

不過，現在兩人就這麼重逢了。

不對，不該這麼說。

這不該說是重逢，而是邂逅。

而先有了邂逅，才有從今以後的希望。還有機會再次回到那樣互相咒罵卻也對彼此歡笑，同時也互相認同的關係。

真能這樣的話，再次挑戰當初沒成功的約會也不錯。

不過，在那之前正樹有話得先當面說清楚。

當初想傳達卻沒機會傳達的心意。

不願意再度因此後悔，乾脆現在就說出口吧。

正樹突然想到。

現在自己的心境會是什麼顏色？

答案自然而然浮現——

經過短暫的沉默，兩人幾乎同時開口說道：

「幸會，篠山正樹。」

「幸會，風間遙香。」
緊接著——
「我喜歡你。」
「我喜歡妳。」
——一定就是現在的天空那般澄澈的碧藍吧。

後記

初次見面，我是田辺屋敷。

雖然有點唐突，我想告訴各位撰寫這篇後記的經過。

就在正文的修正結束之後，責任編輯打了電話過來。

『正文的原稿這樣就可以了。辛苦您了。』

「不會。」

『接下來想請老師寫一篇「後記」。』

「請問大概幾頁？」

『差不多八頁吧。』

「咦咦咦？」

『只要寫些對這部作品的感言之類的就可以了。』

「感言……」

在我的印象中，後記大概兩頁，再怎麼長也就四頁吧。因此責任編輯的這句話簡直超乎想像。但既然是工作，就非得寫出來不可。

所以接下來我會揭露許多有關本作的故事，也會提到本篇的劇情。

本作於第29屆Fantasia大賞得獎，最後來到出版實體書的過程，可說是一連串的出乎意料。

其實作者原本討厭讀書也討厭寫作文。

學生時代每當國文考試遇到作文，總是大概讀過題目就隨便填滿解答處，需要繳交心得文的時候總是灌水添字數，故意不斷換行方便填滿稿紙。

當然，當時也從未料想過自己會以書寫討生活。

但是在工作了一段時間後，我開始渴望擁有「自由的時間」，不知何時心中便湧現一股怠惰的期望：能為我實現這個願望的職業是什麼？才立志成為作家。

怕麻煩又沒定性，正因為有這種個性才會得到這樣的結論吧。

這樣的作者首先碰上的難題，還是閱讀。若要成為一名作者，這是無法躲過的關卡。這時我只好將「被工作綁死的生活」與「討厭看書」放在天秤的兩端，結果還是「克服討厭看書要好上太多了」，於是為了學習寫故事，以看參考書的心態開始看起小說。

接下來的問題是如何成為作家。我還不知道要怎麼樣才能當上作家。調查過後得知，一般似乎都是得獎後出道。我在網路上搜尋可以投稿的獎項後，就有無數的文學獎接連蹦出。就在我煩惱該以哪個獎項為目標時，得知有輕小說這個類別。輕小說的獎項皆不問類型，事實上得獎作品的類型也是五花八門，對還不知道自己擅長哪個類別的作者而言，是個不錯的方向。

之後我就一口氣買了二十來本的輕小說，想搞懂何謂輕小說，但老實說直到現在我也沒搞懂答案。

輕小說是什麼？

寫出可愛的女主角就可以了嗎？

但是每個人心目中的可愛都不一樣吧？

還是只要有趣就好了呢？

左思右想到最後，我得到的結論是：如果寫了自己想寫的東西卻無法得獎，那就代表我不適合寫輕小說，又或者是根本不適合當作家，於是就決定別在乎流行或賣相等問題，一直寫下去。

秉持如此想法持續寫作卻沒得到成果，只是任憑光陰流逝。

就在某一天，我察覺自己有個變化。

過去那個目睹落選的結果後深受打擊的自己不復存在，已經習慣了落選。

這時，我決定將下一次的投稿作品當作最後的挑戰。
我開始寫新的作品不久後，突然接到一通電話。
那正是來自於我以本作投稿參賽的Fantasia文庫。
老實說，我真的大吃一驚。
這麼說雖然失禮，不過我自己在投稿之後馬上就認定本作也會早早落選。因為我就是這麼習慣落選，此外對本作也並未懷有多少自信與期待。因此當電話打來時，我的心境並非期待好消息，而是戰戰兢兢地以為自己要挨罵了。不過就常識來想，也不會有出版社特地打電話批評參賽者吧。
然而，事態往好的方向超乎作者的預期，本作得獎了。
聽見得獎通知，那瞬間確實有喜悅與安心。
但同時作者也感到疑問。
本作究竟有什麼優點能得到這個獎項呢？
就如同剛才所說，作者原本對本作不抱期望，卻得到了如此的成果。換言之，作者的認知與現實出現了莫大的落差。
雖然就結果而言，本作確實是自己的作品，卻沒有這是自己作品的實際感受，落入了這樣複雜而麻煩的心境。

與總編和責編會面時，對「沒得到大獎會覺得不甘心嗎？」這個問題，我居然回答了「不會，其實也還好」，肯定就是因為這樣的心境吧。

除此之外，出乎意料的事件還有評審評語。

據說評審對本作一致的共識是「不太像輕小說」，但作者本人認為自己寫的是輕小說，在這裡再度遭遇了認知與現實之間的落差。

這樣的作者之後真的還能寫下去嗎？這種事誰也不曉得，作者也決定別想太多。

講這麼多作者的事也沒什麼意思，我想差不多該把話題轉到作品本身——本作《P.S.致對謊言微笑的妳》從提筆到完成的經過。

契機在回老家的時候。

整疊的賀年卡放在家中，我不經意拿起來瀏覽，發現左上角寫著意義不明的數字「52」，便問母親這是什麼意思，就像故事中正樹與母親之間的那段對話。聽了母親的說明後，我便想到了利用時間的詭計，記在腦海角落。

在那之後又過了一段時間，這次的投稿作品我想寫之前沒想過的青春故事，就決定以附屬品的形式試著使用剛才提到的詭計，並且尋找可以投稿的獎項，發現截稿時間最近的是Fantasia大賞。剩餘時間一個半月，認為一切船到橋頭自然直，便開始寫作。

不過因為有許多要素決定得太過草率，之後吃上不少苦頭。

最大的問題恐怕在於大綱。

話雖如此，說起來作者從來沒寫過大綱，一般在寫作時總是「決定好想寫的場景就開始寫」。其實剛開始寫本作時已經確定的只有相遇與尾聲，還有男女主角互相咒罵，一共就這三個場景。就連故事中的主幹「運用時間的詭計」，在這個階段都還沒決定要怎麼活用，認為寫著寫著應該會有好點子，並沒有想太多。於是從幾乎白紙的狀態開始算起，過了一個半月。不出所料，一面工作一面寫作的進度比想像中慢，截稿日漸漸逼近，最後只能驅策自己「總之得把作品完成才行」連日趕工，好不容易在截稿前送出稿件。

因為有過這樣一段經歷，對本作其實沒有太多自信與期待。

順帶一提，主角的名字是「篠山正樹」，女主角是「風間遙香」也有其理由。

為了營造在書信往來的同時沒有察覺對方真正身分的狀況，當初將男女主角設定成發音容易誤會的名字。

女主角認為主角的名字是「正樹（マサキ）」，所以沒發現搬家後遇見的姓氏為「松前（マサキ）」的男高中生就是她的筆友。

男主角以為筆友的名字是「高尾六花（リッカ）」，所以沒有察覺搬到附近的「風間立香（ハルカ）」的真正身分。

在投稿前的設計原本是這樣的，但因為這樣讓我覺得不太對，最後就將這個誤導的手段刪除，修改兩人的名字。事到如今還要想個全新的名字太麻煩，於是就某種程度保留目前的名字。

是的，所以說……

各位充滿好奇而仔細讀到這裡的讀者們應該也察覺了，就算要我談論寫本作時是多麼嘔心瀝血，因為作品中絕大部分的要素都不算經過深思熟慮，我也不知道該談論什麼才好。我反倒比較想問：「雖然得到了結果，但這樣真的好嗎？」總之本作為作者植入了「別太認真反而比較好吧」的謎樣思考，也可說是罪孽深重的作品吧。

今後該懷著什麼樣的態度繼續寫作呢？

當然不能隨隨便便，但太認真去寫好像也沒有好結果啊。

希望各位能記得有個作家懷著這種煩惱。

寫在最後。

於第29屆Fantasia大賞給予本作金賞＋評審特別賞雙重獎項的各位評審，以及支持本作到最終選評的各位編輯、直到最後都不吝協助的責任編輯，還有為本作繪製完全合乎想像的插畫的美和野らぐ老師，真的非常感謝。
雖然是個不成熟的作者，今後還請多多指教。
也對各位讀到這裡的讀者致上謝意。
非常感謝各位。

情色漫畫老師 1~10 待續

Kadokawa Fantastic Novels

作者：伏見つかさ　插畫：かんざきひろ

在命運的後夜祭上……
戀愛與青春的校慶篇就此開始！

千壽村征撰寫出太過情色的小說新作，引發了騷動，使征宗被村征的父親麟太郎叫去！而征宗等人決定前往村征就讀的女校參加校慶。一行人在逛校慶的同時，梅園花充滿謎團的學生生活也逐漸揭曉！

各 **NT$180~250/HK$55~75**

藥師少女的獨語 1 待續

Kadokawa Fantastic Novels

作者：日向夏　插畫：しのとうこ

後宮名偵探誕生？
酣暢淋漓的宮廷推理劇登場！

位處大陸中央的某個大國，有位姑娘置身於皇帝宮闕之中。姑娘名喚貓貓，原在煙花巷擔任藥師，眼下則在後宮做下女。其間，貓貓聽聞皇子身染重病而開始調查病因——以中世紀東方為舞臺，名偵探「試毒」少女將一一解決宮中發生的懸疑案件！

NT$220/HK$75

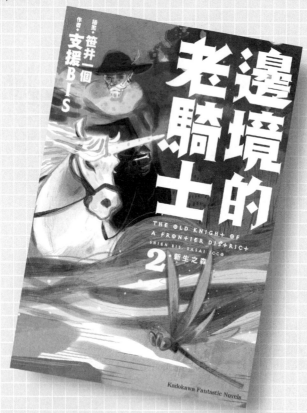

獻上我的青春，撥開妳的瀏海 1~3（完）

Kadokawa Fantastic Novels

作者：凪木エコ　插畫：すし*

莎琉推銷計畫正進行得如火如荼，
她本人卻驚爆回國宣言!?

小櫻對我告白，莎琉也猛烈追求我。我被左右包抄!!此時，莎琉改善社交恐懼症的絕佳良機——校慶近在眼前。對兩位青梅竹馬的回覆，推銷莎琉的計畫……這可是高中生涯最大的一仗!!我才剛打起精神，莎琉就發表回國宣言!?

各 **NT$200~220/HK$65~68**

我的快轉戀愛喜劇 1 待續

Kadokawa Fantastic Novels

作者：樫本燕　插畫：ぴょん吉

第13屆MF文庫J新人賞最優秀賞得獎作品！
戀愛＋快轉＝戀愛喜劇的新境界！

在遇過想盡快逃離現實的煩心事時，肯定會不禁心想，要是時間能快轉就好了。我──蘆屋優太就得到了這種能力！於是我活用快轉能力度日，沒想到不知不覺間就蹦出一個女朋友！對象還是班上的問題學生，柳戶希美？難道這場戀愛喜劇只有我被蒙在鼓裡？

各 **NT$220/HK$68**

國家圖書館出版品預行編目資料

P.S.致對謊言微笑的妳 / 田辺屋敷作 ; 陳士晉譯. -- 初版. -- 臺北市 : 臺灣角川, 2019.05-
冊 ; 公分

譯自 : 追伸 ソラゴトに微笑んだ君へ
ISBN 978-957-564-918-0(第1冊 : 平裝). --
ISBN 978-957-564-919-7(第2冊 : 平裝)

861.57 108003833

Kadokawa
Fantastic
Novels

P.S.致對謊言微笑的妳 1

（原著名：追伸 ソラゴトに微笑んだ君へ）

2019年5月22日 初版第1刷發行
2023年1月3日 初版第2刷發行

作者：田辺屋敷
插畫：美和野らぐ
譯者：陳士晉

發行人：岩崎剛人
總編輯：蔡佩芬
編輯：孫千棻
美術設計：吳佳昫
印務：李明修（主任）、張加恩（主任）、張凱棋

發行所：台灣角川股份有限公司
地址：104台北市中山區松江路223號3樓
電話：（02）2515-3000
傳真：（02）2515-0033
網址：www.kadokawa.com.tw
劃撥帳戶：台灣角川股份有限公司
劃撥帳號：19487412
法律顧問：有澤法律事務所
製版：巨茂科技印刷有限公司
ISBN：978-957-564-918-0